20岁的生活方式，
决定30岁的打开方式

小令君 /著

湖南文艺出版社
HUNAN LITERATURE AND ART PUBLISHING HOUSE

博集天卷
CS-BOOKY

20 years old
Life style

20 岁的生活方式
决定 30 岁的打开方式

Decided to be
30 years old
Open mode

面对复杂，保持欢喜

女人

最大的励志

是

你翻腾不了

我的人生

最遥远的梦想，

不过是最朴素的愿望

大多数人的怀才不遇，
都是怀才不足

旁观世界，也要投入世界

你离头等舱，
只差一颗野心

目录
Contents

Chapter

Two

20 岁的生活方式，决定 30 岁的打开方式

Chapter Five

一辈子很短，和有趣的人一起，做了不起的事

序言 *Preface*

生活从未变得轻松，
你却一点点变得从容

　　写完整本书后，我觉得我有必要来个读前友情提示，因为这本书可能贯穿着一丝沉郁。相比上一本大家很喜欢的《拼了命，尽了兴》，少了许多自以为是的分享，多了不少自己在这一年多里的反思、质疑和沉淀。

　　如果要问为什么会有如此我自己理解的质的飞跃，答案你会在后续找到。

　　这一年多经历了太多的打击和磨难，让我数年积累的自信和自尊那堵墙掉落了不少砖瓦，摇摇欲坠。我开始不断地怀疑自己，而怀疑所得的恍然大悟让一直自诩经历丰富、早熟坚强、打不倒的我不敢再夸夸其谈。

　　曾经可以笑谈家庭变故和狗血故事，轻松回顾放弃哈佛 offer（录用通知）和轻描淡写放弃千万元收入的工作等所有自己做过的违背常理之事，以过来人的经验分享着工作、旅行、创业、独立、爱情、梦想这些话题的我，一直是所有人眼里的小太阳。这个小太阳看上去永远没什么烦心事，似乎什么样的困难都难不倒她，又或者她也许挺一帆风顺的吧？

我太习惯于大而化小，小而化了，把有事说成没事，把好难说成没问题。连自己都没来得及回头看一眼身后的血迹斑斑和身上的伤口是否愈合，就逼着自己拖着伤了元气的身子，拿着剑走向更遥远的阵地。

终于在身中数刀后再也不支倒下时，突然遗憾地意识到自己并没有太多资格充当梦想的代言人，因为我连怎么保护自己都没有学会。

但同时也庆幸地发觉自己终于在苦难面前学会了示弱，在示弱的同时才真正开始意识到为何苦难常追随我，我该如何跟它挥手告别。

这是我觉得自己最大的进步。

我知道我们每个人，在每个时期，都会迷茫、困惑、绝望，只不过是程度不同罢了。这没什么好丢人，也没什么好自责的。

我们常常憎恨每天早上挣扎着起床，衣冠楚楚地赶到一个地方，从事着和"意义""梦想"有着无限曲折因而无限微弱联系的工作，然后过着和一群群陌生人挤在罐头车厢里汗流浃背地回家的乒乓作响的生活，可大多数人终其一生都是如此过着，是要这么讨厌和抱怨一辈子吗？

我们也常常没有安全感，担心随时随地会被社会这个瞬息万变的爱人甩掉，于是我们每天处心积虑地往脸上抹日霜、夜霜、眼霜、防晒霜，希望保有一些什么、留住一些什么，一直涂到脸上所有毛孔都被堵塞，一直到自己也呼吸不过来。是要这么恐慌而不自信地过一辈子吗？

当然不是的。

日子平常而悠缓，没有多少人过着少年得志、如日中天、挥金如土、指点江山的生活，大多数人的一生，注定是平凡的。

我们努力的目标不是拼命拽着那根随时会断的稻草成为那少之又少的人，而是做个不平庸的人。即使平凡平淡，但是按照自己的心愿过一生，绝对是不会后悔的旅程。

我在上一本书中说过，我写的每一篇故事都是不去计较成败、不计得失、不计未来、不回头的姿态，里面每一个我都是含着眼泪、咬着牙齿、忍住一切向前走的模样。

我也说过，25 岁的我，在过去的几年里，被生活的重锤击倒了很多次，可是受伤了，自己舔好伤口；击倒了，自己再爬起来。生活以为我会像老牛般越锤越安静，可是我却像狮子般，越锤越强大，越懂得反咬一口。我比 20 岁的时候更生猛。

两年过去了，我依然可以这么说，但是我学会了在不顾一切向前走的时候，转身抱一抱浑身是伤的自己，说声你辛苦了，你可以停下来歇一歇了。我也显然比 25 岁的时候更生猛，但我懂得了心硬者得世界，而温柔者得神。

生活从未变得轻松，只是你一点点地变得从容。

我偶尔会想，如果我在 25 岁之前就知道这些该多好。我想我们都会这样遗憾为何不早知道。但本来人活着就是如此的，那些你看似圆满的，都曾跑遍了无数块土地，才郑重其事地来到你面前，摘掉毡帽，放下行李，说声抱歉，久等了，我来晚了。

如今的我，依旧执拗，依旧有梦想，但我变得更懂得梦想的意义了。也许梦想根本不是用来实现的，它是那根支撑着我们在寒风凛冽里，流着泪还要唱歌的骨头。

这一年经常会想起《月亮和六便士》里的故事，查尔斯，那位因麻风病而毁容失明的老人，他说"我必须画画，就像溺水的人必须挣扎"。

如果说他与别人有什么不同，就是他比别人更服从宿命。服从宿命不是软弱，而是更知道自己要什么，过什么，成为什么样的存在。

我始终记得他坐在自己描画的满墙壁画中，聆听波涛汹涌的颜色的场景——金色是高音，黑色是低音，白色是微风，红色是尖叫。

那是梦想带给我的骇然与敬畏。

梦想多么妖冶、多么锋利，人们在惊慌中四处逃窜，逃向功名，或者利禄，或者求功名利禄而不得的怨恨。

满地都是六便士，他却抬头看见了月亮。

我希望，自己也成为不会只顾着埋头赶路，忘了抬头看看天上一直都在的月亮的人。

我希望，我们越来越生猛的同时，越来越温柔地对待自己。

Chapter

One

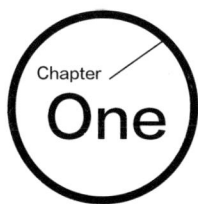

二十几岁，你要新陈代谢，更要野蛮生长

25 岁以后被生活打过的 32 个耳光

凌晨收到消息提示的时候，才知道原来今天是自己的生日。

稍微诧异了下，往年即使不特别在意也总归期待有那么些人记得自己，而在今天反而异常地平静、踏实、笃定。

28 岁，一个焦虑和尴尬的年纪。没人把你当小孩，但也没人太把你当回事。所有曾经发过的誓言、说过的志向，基本上都是以 30 岁为分界点的。

可是还能在这么短的时间内实现自己的而立心愿吗？很难。

但我依旧感到幸运，幸运地接受改变不了的事实，幸运地发现在尴尬、焦虑、迷茫中走过几年的自己，也算是终于窥见 25 岁之前并不屑于了解的人生真相。

所以这些想说的话，说给那一年站在 25 岁大门口的我听，也说给所有即将 25 岁和曾经 25 岁的人。

愿离开了青春的我们，始终年轻。

工作和人际

1. 很抱歉，这个社会就是不公平

年轻时候的我们，看什么都能看到不公的一面，愤世嫉俗的同时，也为自己的坎坷找一点心理的慰藉。可真的，社会本来就不公平，有人不仅比你美貌英俊，还比你有才华、有财富、有地位、有成就。认清这一点，之后的每一次收获也就成了馈赠。

2. 真心不一定能换回真心

以前的我，觉得信任一定能换来不被辜负，真心可以换来感同身受。在一次次伤心后渐渐明白，在很多人看来，你永远戴了另一张面具。所以，付出过的就付出了，不要太在意。对别人好就好了，不要期待别人的感恩和同等的回馈。

3. 做自己吧，不要在意别人的评价

无论你怀着多大的善意，仍会遭遇恶意；无论你抱有多深的真诚，仍会遭到怀疑；无论你呈现多少柔软，仍要面对刻薄；无论你多么安静地只做你自己，仍会有人按他们的期待要求你；无论你多么勇敢地敞开自己，仍有人虚饰一个他看到的你。

4. 比智商和努力更重要的，是情商

25 岁以前，恃才而骄，觉得自己聪明又拼命努力，做什么都一定能做成。25 岁之后发现，如果你学不会聪明地做人，学不会控制自己的脾气和冲动，学不会如何给人留下好印象，那么你会进步得非常艰难。

5. 学会不解释

无论是不是受了委屈，都不要着急解释，没有什么比结果更能让人信服的。

6. 努力不是什么值得骄傲的事情

你再努力，没有做出成绩，也不要一脸骄傲地拿出去企图获得人们的认同。别人轻松做成的是你大费周章仍未做到的，那只能更证明你的无能罢了。

7. 没有什么人理所当然要帮你

对所有给予你方便的人表示感谢，因为真的没有人必须帮你。而即使你曾经帮过别人，也别要求别人下一次必须帮你。只有等价的交换，才能得到合理的帮助。

8. 心软不是善良，是没原则没底线

不要做那个能原谅工作纰漏和体谅各种客观原因的人，你的无原则会带来对方的底线不断降低。一旦你发现越来越糟而意识到需要按照正常标准去要求对方，他们反而会觉得是你不可理喻。

9. 工作上交朋友，是一件需要运气和技巧的事

不要难过为什么同事和自己始终隔了层纱，不要郁闷为什么表面友好的同事背地里居然踩了自己一脚，不要对工作上的任何友情抱有过高的期望，可能一点利益就能让你们兵戎相见。

10. 最好的资源永远是势均力敌

如果你不够优秀，你的人脉大多是不值钱的。留个电话加个微信，到

最后可能只是换来个友善的表情。好的人脉不是追求来的，而是吸引来的。所以不要再说你认识谁谁谁，认识不具有任何意义。

11. 不企图改变任何人

不要企图改变任何人，无论思想还是行为，即使是亲近的人。尤其对于那些固执地活在自己幻想的小世界里的人，千万不要试图去说服他们或推翻他们，那就等同于往茅坑里扔炸弹，会溅你一身不舒适。

12. 不再随意质疑他人的能力

如果有人能坐到比你高的位置，那他一定起码有一个方面比你强。而你条件反射般的质疑和揣测，其实也暴露了自己的龌龊。

生活和身体

13. 照顾身体，它不那么年轻了

25岁开始，不洗脸就睡觉第二天皮肤照样紧绷光滑将成为天方夜谭。不吃早饭，失眠熬夜，三餐不定，醉酒泡吧，冬天露腿，你的身体会频频报警，提醒你，它不太能受得起折腾了。

14. 舍得花钱

买令你愉悦的东西。买一件喜欢的东西，去一个向往的地方，吃一顿可口的饭菜，钱不一定花在别人看得见的地方，但它们带来的是实实在在的开心，可以熨平很多生活的褶皱。

15. 好好赚钱，好好存钱

既然要好好花钱，那当然要好好赚钱，理想都要建立在面包的基础上才可能实现。千万别觉得才毕业没多久，可以先慢慢体验生活，赚钱是以后的事。

16. 穿得体的衣服，尤其是贴身的衣服

不再去淘宝买各种各样廉价的衣服，尤其是内衣，一定要舒适。永远要有一套贵的可以在任何时候出席任何场合而不会让你感到怯场的衣服。开始知道好的得体的衣服，会给人带来自信。

17. 跟懂得生活的人交朋友

25岁之前，把每次出门要收拾自己半小时以上，吃饭要用最美的桌布的人，判定为"作"并且嗤之以鼻。

可事实上，他们可以教会你如何更好地去过任何一个平凡的日子。你可以不会写诗，但可以把生活过得像一首诗。

18. 珍惜身边的人

不断地经历生老病死，明白多看一眼可能是最后一眼，多陪一天可能是最后一天。下辈子，无论爱与不爱，都不会再与你的爱人和父母相遇。

19. 管理好自己的身材

没人会继续说你的肥胖是可爱，你可以选择疯狂地吃自己爱吃的食物，但你也得学会如何控制你的体重不要到厌恶自己的地步。同时不要过度地追求瘦，你会因为内分泌失调而追悔莫及。

20. 家，比房子重要

25 岁之前，觉得买房是天方夜谭，告诉自己"我才不要做房奴"；25 岁后被搬家折磨到心力交瘁，开始时不时想要拥有个稳定的住所。但一个温馨的被自己用心布置的家，永远比一个房子更重要。

21. 真正的感情，没有距离

那些常说"我们住得很近啊，下次来找你玩"的人，往往后来还是见不上的。用距离来衡量的情意，哪怕隔着一条街道，也是千山万水。

22. 没有谁离不开谁

无论是谁，不管你们曾经多么亲密，只要他（她）想，消失在你的生活里轻而易举。

人生和自我

23. 选择三观一致的朋友

朋友不在多，而在于能否让你感到舒适。而舒适的前提，就是价值观相同。如果一个朋友在你成功时仍为你由衷地感到高兴，要珍惜。

"任何人都可以对朋友的不幸感到同情，而要消受一个春风得意的朋友，则需要非常优良的天性。"

24. 没有什么是被逼的

"唉，都是被逼的呀""都是没办法的"常常是我们面对不喜欢的生活和现状时的无奈叹息。后来明白，没有什么是被逼的，都是可以选择的，只要你愿意付出代价。

25. 追求自由和细水长流并不冲突

25 岁之前觉得，自由就是可以做自己想做的事。25 岁之后明白，真正的自由是可以不做自己不想做的事。追求自由和细水长流并不矛盾，你要相信缓慢、平和的力量，踏实，冷静。

26. 不能成为自己鄙视的人

身边太多诱惑，也太多黑暗，可是哪怕身在粪坑，你也不能大口大口地吃屎。米歇尔·奥巴马的一句话我特别喜欢：When they go low，we go high。

27. 好好看书，好好阅读

为什么要坚持阅读？它到底有什么用？"我也不记得小时候吃过哪些东西了，但我确信正是它们成了我的骨我的血，让我长成现在的样子。"也许很多事情努力与收获不成正比，但读书应该是唯一一件只要你付出就会有收获的事情。

28. 相信爱情

无论到什么年纪，受过多少次欺骗，心被伤得有多深，要始终相信，会有一个人，他爱你。

29. 没有什么婚姻关系是一定长久的

相信爱情，但是不要觉得婚姻是必须长久的。责任这个东西是需要呵护的。你们之间毕竟没有任何血缘关系，爱也是会被琐碎慢慢消耗的。

30. 理解出轨，但不原谅

不再会对出轨的事情义愤填膺，怒火中烧。再怎么说一辈子只和一个人睡觉，本就已经是很难很可贵的事了。所以他们的身体出轨，不是不可理解的。但是我仍然不选择原谅。

31. 好的心态比什么都重要

曾经以为越是在糟糕的时候，越要抓紧时间去想办法解决问题。其实在这种时候，不如调整好自己的心态，假设在最坏的情况下自己能不能接受。既然最坏的都能接受，那又有什么好怕的呢?! 有的时候，慢就是快。

32. 你始终会迷茫，会低潮

谁也无法预知人生的每个低潮期有多长，但确知的是，在每个低潮期该做的最重要的一件事是：不要有"抛下一切去……"的念头。要多读书、节制饮食、陪伴家人、早点睡觉、尽力做好手上还在做的事，你会好的。一定会好的。

我在 25 岁之前不知道这上面的所有真相，我一路被打掉牙，一路又咧着嘴带着血站起来。

但 28 岁的我觉得自己是幸运的，不仅仅是因为那些外在的所得，还因为总是被打得七零八落，但总还能在老天数到九时重新站起来。

因为这种幸运，我原谅自己这一路走来的弯路，平静地等待 30 岁的召唤。

依然有爱、有梦想、有生活，尽力折腾，以梦为马，山高水长。

大多数人还谈不上选择你想过的人生

我们公司的一个实习生最终还是忍受不了创业公司的快节奏，提出了离职。

他走的时候，跟我说，他不想浪费时间在他不怎么感兴趣的事上，他想去找什么是他自己喜欢的事，他想选择自己想过的人生。

我本想说好多好多的话，可张了张嘴，一句也没说出来。

因为我没法告诉他有点血淋淋的真相，那就是，在你 20 岁刚出头的年纪里，你还没资格选择自己想过的人生呢。

每天都会有很多人给我发私信留言，问我"小令啊，能不能推荐些有用的书，免得我自己去选浪费时间""我应该选择去学英语还是学编程来让自己求职的时候更有竞争力呢"。

我往往不知道怎么去替他们做这个选择题。

我想说的是，你才 20 岁。这个年纪的你，为什么要害怕浪费时间，为什么要拒绝各种学习的可能，为什么要回避所谓的错误选择？

这个年纪的你，明明该去吸收，什么都吸收，吸进去，不好的吐出来，吸进去，再吐出来，像海绵一样，才会有所谓的去其糟粕、取其精华。这么年轻，怎么就有了如此浓重的机会主义？

还有人经常会问我："我不想学现在的专业，我想休学去旅行、去创业，我要选择自己的人生。你觉得怎样比较好呢？"

甚至前两天有个人问我："我弟弟不想做父母给他安排的工作，他想做自己喜欢的事情，想创业，可是没有想法，小令姐你有什么建议吗？"

说实话，我唯一的建议就是，麻烦你别折腾了，你还没到可以折腾的时候。

人生本是该由自己选择的，可是你还没有资格去选择你想过的人生啊，你只能抛给个外人去帮你做这道题，却偏偏还自以为是地认为自己在决定自己想要成为的模样。

我想起 20 岁刚出头的自己。那时候的我，无畏、无尘。

自以为比别人多走了万里路的我，太知道自己应该过什么样的人生了。

哪怕那个时候的我，已经因为生计，做过了许多份实习打工的活，却无比坚信热爱旅行的自己，日后会选择旅行作为自己的人生方向。可以边看世界边拿工资，想想都是美的。

可世事难料，所有的设想都太过美好。

当我在旅游卫视接到一份兼职实习的工作并且得到允诺一旦做好就可以留下来时，我第一次觉得自己居然可以如此幸运，我无比珍惜这一次工作机会，也无比努力地去做了。

故事的正常结局应该是或皆大欢喜转正了或悲剧收场没留下。可实际上却是，我崩溃了。

是的，我崩溃了。

当我内心最喜爱的一样事情，当我在繁重生活压力中的一个出口，变成了一项任务，一个必须在规定时间、规定路径内完成的通关游戏，一组必须用数据来衡量的指标时，我毫无征兆地崩溃了。

我信誓旦旦自认一辈子都不会后悔的选择，在几个星期内，就被无情地打脸了。

而你若让现在站在 20 岁尾端的我，再去做这样一个选择，毫无疑问，我并不会选择把旅游当作我的人生方向。因为我已经知道，热爱不完全等同于事业，而生活总归要跟工作分开。

但是八年前的我，又怎么会想明白这一点呢？

我们很自然地以为，喜欢的就去做，厌恶的就走开，这已经是我们认为足够畅快、足够勇敢、足够炫酷的人生了吧?！

殊不知，这样的人生并不会是最终的模样，不是因为上天不善待我们，而是年轻时的我们压根都还想不到人生会有哪些可能的样子。

直至年岁渐长，开始有经济实力、有自己的圈子、有自己的资源、有一些底气，我依然也无法很自信地说，我就要选择过这种人生，我的未来就是这个样子的。

我只能说，我可以尝试一下这种人生。

当然，我开始能选择不想过的生活，因为这会让我不开心、不快乐。

是的，我只能确认我能尝试的，以及我不想要的。

为什么？

因为我们连人生的百态都还没尝过，我们连究竟什么是好结局什么是坏结局都没办法完全确定，我们没办法通过过往的经验去判断这个走向是输还是赢，我们也没办法确定下一次面临同样的选择，答案是否还是同一个。

我们所经历的一切，总觉得不足以支撑我们有底气地选择想要成为的人啊。

只能一点点地更确定，自己不想成为什么样的人。

当然，这并不意味着，我们就可以什么都不做，混吃等死，等着别人来拯救自己，等着别人来指条明路；也不意味着，我们清楚心里强烈的欲望和喜爱，却必须压抑和掩埋。

只是，我们应该很清楚地明白，在我们没有经历过大起大落，没有经历过生离死别，没有经历过痛苦纠缠，没有经历过成功和欢呼，没有经历过失败和坠落，没有经历过足够让我们知道每一种选择可能会面临的结果时，无论走到人生的哪一个阶段，是 20 岁、30 岁、40 岁、50 岁，我们可能相对于未知的生命，永远都还太过无知。

这样无知的我们，大多数，真的还谈不上去选择自己想过的人生。

只是，我们也许好运地放弃了那些自己越来越清楚自己不会快乐的，选择了一小段不后悔的人生。

任何失败都是人本身的无能

我成长的每一个岔路口，几乎都会遇上一次"生不逢时"。

考大学的时候，有史以来考题最难；

要出国的时候，各种考核标准改革，有史以来最不知道该如何复习；

毕业的时候，有史以来求职大学生最多，就业压力最大；

创业的时候，遇到有史以来最难熬的"资本寒冬"；

……

几乎每一次都会有铺天盖地的感慨，这一届的人，可真是生不逢时，运气太差了。

我在这样的大军中很自然地并未幸免于难。

随便举个例子，在我研究生毕业找实习的时候，面试了十几家外资投行和券商，竟然没有一个能进的，有的甚至连简历关都没过，直接被刷下来了。

那时候的我，基本上是自尊心和自信心双重受暴击的阶段。虽然可以勉强安慰自己时运不济，但心里却是透亮的：这跟就业难无关，这跟求职人数多无关，因为对方企业确实需要人，他们就是在找合适的人、优秀的人，而我，就是没达到他们的标准。

我自知不可能再有机会去询问面试官，没有选我的理由是什么。所以我开始观察那些被录取进入下一轮环节甚至一路过关斩将闯到最后的同学、前辈，和我有什么差距。

本是带着一丝丝侥幸的心理去求证，其实他们也和我差不多，只是运气好一些或者碰巧发挥得好了些。但是当我真的去观察他们去接触他们后，那一点点最后的企图获得安慰的侥幸也没有了。我确实和他们有着差距。

有的专业知识比我扎实；有的在气场和小动作方面比我成熟；有的对于时事政治、经济形势了如指掌；有的擅长引经据典、触类旁通……

这每一种我所不具备的品质，恰恰就是这个行业、这个工种所需要的品质。

我真的，只是不够优秀而已。

多年后回头去看那段经历，我很庆幸自己并没有把当时的落选归结于这些那些站不住脚的理由。我很庆幸我没有继续自我感觉良好地去迎接这个职场。我很庆幸我没有怨天尤人，没有变成"绝望的大学生"。

而我身边也总有另一些人，用这些理由来解释自己所有的不如意。无论是没考上好大学还是没找到好工作，无论是股票亏本还是投资失利，无论是创业失败还是无法升职，一律用这样的理由去掩盖他们压根没有这个实力和努力的真相，这让我觉得无法苟同。

我很想撂几句并不好听的话给那些从来都没有付出过的人，你凭什么得到？

你得不到是你自己的责任，不是外界的不公；

这是你自己的无能，不是社会整体的失衡。

从整体来说，我算是一个比较宽容的人，形形色色三教九流，只要不是大奸大恶之徒，都还是能够理解不同的人存在的必然合理性的。

可是，真的讨厌推卸责任和不认清自己的人。

曾经看到过一个创业话题人物的一篇演讲稿——《绝望的大学生》，一夜之间在网上风靡。

其实这个命题本身就是个伪命题，大学生绝望吗？我想并不是，对于有梦想、有能力也能规划好人生的大学生来讲，绝望？应该是充满希望吧，人生的画卷才刚刚展开。

那为什么提出这个观点的人却得到如此多的共鸣呢？因为有太多的人想给自己的失败、落寞、无能、无力的现状找个共同的理由了。我不成功，原来不是我自己的原因啊，果然都是因为教育制度的可怕，整个社会大环境的可怕，这世界观是对成功的颠倒呀。

于是大家重重地舒了一口气，你看，我不是个 loser（失败者），我只是活在你们的期待和压力下，活得绝望而已。

可是，怀有这样想法的人，本就已经是 loser 了吗？

有哪个最终成功获得赞誉的人，在没成功的时候，会觉得自己此时所有的苦难，皆是由于社会环境不够好造成的呢？至少我没听说过。他们只会觉得自己还不够资格而更加拼命努力。

人为什么会绝望呢？

我们所处的制度和世界真的糟糕到让人绝望吗？

其实绝望的根本不是大学生，也不是处于底层并不富裕的人们，而是那些总想着一夜暴富或者一夜成名的人。

我们每一个人，从懵懂无知到成熟睿智，都不是一夜之间的转变。正常的轨迹，都是需要积累和格局的。慢慢地，挫折也好，成绩也好，带来一点积累，和无数次跌倒和被打趴下后养成的那一点格局。

这样慢慢积累着、前进着的人，总不会绝望的。因为看得到变化，触得到希望。他们的心，知足而快乐，笃定而踏实。

但是那些总幻想着一夜暴富或一夜成名的人，很可能因为一次次看不到暴富的可能，也触不到成名的希望，就此绝望。

当然，上面说的可能是那些本身学识、能力、资质都还不足以支撑他们的幻想的人。可还有一些人，也会质疑，明明我有很好的学历、背景、专业知识、管理能力，为什么却总是成功不了呢？你看我身边比我差劲的人，都比我混得好。

我相信，一定会有一些机缘巧合让你觉得优秀的人被埋没，而不优秀的人在你之上，但是相信我，这样的机缘巧合并不多见。

对于人是否优秀的评判标准，远远不只是学历、背景、专业知识、家庭出身、工作经验、管理能力。

当这种看似显而易见的比较放在面前时，远见和格局才高下立见。当你能够很快地回过神来，告诉自己，我哪一点不如人的时候，下一次，你离成功就更近了一步。

你一定还不够优秀到让每一个人都不忍心忽略掉你的光芒；

你一定还不够优秀到让每一个提拔你以外的人的领导都无法过自己这一关；

你也一定还不够优秀到能够明白，为何你觉得不够格的那个人在你之上。

越脱离年轻气盛，越发现，每一个站在高处一段时间的人，一定都是有能力，或者有远见和格局的。

越是高处，空气越是稀薄。绝非你我谁都可以安然无恙地活下来。

所以，当他在一个空气那么稀薄的位置站得远远超过一个不够格的人能站的时间，那么你必须承认，他还是够格的，只是你很不幸地还没有这个眼光、格局和远见能够看清罢了。

拜托你，别再给自己的失败找任何生不逢时、时运不济、命途多舛的理由了，别再给自己的失意冠以任何被制度毒害、被社会耽误、被家庭桎梏的名头了，也别再动不动就说我们是绝望的一代了，因为，任何失败都是因为人本身的无能。

而无能，不光是没有能力，也包括有能力却没有远见。

没有人必须给你理由

我在和几个朋友吃饭，听到背后桌一句义愤填膺的吐槽："太傻×了，说不过我们了，就让我们按照他说的做，真是无语了！这样的人凭什么当我们的领导啊？"几个人连声附和。

听出来了，是在抱怨自己的上司。

我回头看了眼，几张年轻气盛的脸上，写着不得志的不满与骄傲。

朋友们见我回头看，忍不住笑我："你是职业病犯了吧，被员工吐槽怕了吧？"

我无奈地笑笑。是啊，这样的情况又何尝没发生在我自己身上呢？

我太能理解这样的心情了，越是有才华或者认为自己有才华的人，越不能接受直接的命令和不给理由的结论。他们称之为不民主。

我以前当员工的时候，自恃才高，同样是事事都追着要一个理由和解释。你如果说服了我，我没话说；但如若你说服不了我，还让我必须服从，那怎么着也得憋屈上一会儿，扼腕叹息着领导怎么就不采纳自己的正确意见呢，甚至赌气地心一横，回头做砸了可别赖我！

可等我自己当了老板以后，我才明白，当初的自己有多么矫情和不明事理。

领导为什么必须说服你？

我第一次参加工作的时候，我认为我的方案很好，可领导说不行，我问为什么不行？不行在哪里？可他连看都没看我一眼，冷冷地回答："没有为什么！要么你来当领导？！"

我当时心里想，呵呵，你理亏还用权威来压我，简直太不令人心服口服了，是得多没有墨水才不得不用这招啊？

直到自己也必须拍板做决定的时候，我终于明白，为什么在很多企业，领导是可以不给任何理由而做一个决定的，有太多原因：背后的复杂人际关系、解释所需要花费的时间、凭经验直觉就可以判断不可行、没有试错的机会等。

而你要说，最强有力的理由是什么？

我想恐怕是因为领导肩上的责任永远比你大。他做了决定，就需要为自己做的决定承担所有的责任和后果。

这一点身为普通员工的我们并不能做到。我们只管尽情地头脑风暴，发挥自己的想象力，做我们觉得效果最棒的方案，可是我们也没有百分之百的把握能够成功，并且我们无法为自己的任何方案、任何结论、任何坚持承担失败的责任。

错了又怎么样呢？顶多是扣工资、没奖金，再严重也不过是丢了这份工作而已。所以我们可以无所顾忌。

可领导做错了决定会怎么样呢？轻则失去市场份额、错丢大好机会、浪费了预算成本，重则公司面临巨大损失和潜在风险。所以他们必须负起责任。

所以若他知道你的方法肯定或者可能会行不通，他只需做决定罢了，没有必要非给你个理由。

职场上，没有人必须给你理由，也没有人必须考虑你的情绪。

公司也不可能过于民主

我们总是希望自己进的公司可以民主、开明、尊重个性。这也是很多人愿意去创业公司或者去小公司的一大原因。

但是即便是小公司，如果你抱着这样的心态，也绝对会失望的。因为几乎没有哪家公司能做到完全的开明。

若是真的要尊重每个人的个性、脾气，考虑每个人的心情，还要让每个人心悦诚服地接受每一次的安排，那么就一定无法快速、高效地开展工作，也绝对不会是对公司最有利的方案。

我们都希望自己的领导可以温和地多听自己的意见，谁也不会喜欢强势的上司。可是，公司的发展离不开雷厉风行的强势的上司。如果大家永远都在非常公平、一团和气地讨论，没有人出来拍板，那么永远都不会有结果，也没有人知道该继续往什么方向走，看似公平开明的团队，逐渐会成为一盘散沙。

过于民主的结果，与伴随专政的结果并无太大差异，往往是动荡。

公司不是慈善机构，没法总让你试错

还有人会说，那就算我们的方案可能会失败，也总该给我们尝试的机会吧？不尝试怎么能让我们知道一定会失败呢？怎么可能死心呢？

这个道理，放在我们自己身上，是绝对没有问题的，而且是非常正向积极的想法。

但若放到职场中，放到涉及其他人的项目中，放到会影响公司业绩和形象的决策中，就并不那么公允了。

还是那句话，作为一名普通的职员，我们并不是最终承担风险和责任的人。我们不撞南墙不回头，还能被称赞一句初生牛犊不怕虎，没人会苛责什么；但是作为一个需要养活许多人、需要赚钱的公司，是不具备撞南墙的资格的。

明知前有南墙，就该回避换条路走或者把自己全副武装到有足够的把握撞倒这面墙，而不是凭着一腔热情横冲直撞。

你所在的公司，并不是慈善机构，它可以锻炼你、教育你、培养你，但无法每一次都给你试错的机会。

你输得起，它输不起。

这些都是我在自己创业以后换了角色才明白的道理。当我不断地被我认为有潜力、有才华的孩子们折磨着、在残酷和温和之间不断切换的时候，我才知道，当年的自己，又是多么地玻璃心。

这世上其实有很多事情没有理由。

比如为什么天灾和人祸会降临在自己周围，老天不需要给你理由；

比如为什么好好的两个人，突然就没了感情，对方也不需要给你理由……

职场也是一样的道理。

没有人必须给你理由。若有，那也是分外之责，值得感恩。

收起玻璃心。

不如用追问理由的时间，好好想想，下一次能不能了解更多，思考更深，做得更好。

大多数人的怀才不遇，都是怀才不足

1.

  我认识的一个小我几岁但曾经和我一起实习的朋友又要离职了。这是我认识他三年以来，他第五次换工作了，中间还经历了一次失败的"创业"。

  看到他又一次发朋友圈，倒是并不惊讶，但是出于人道主义还是准备留言评论安慰一下，正好看到他集体回复"怀才不遇啊，遇到的上司都是傻×"，我打字打了一半的手，从屏幕上移开了。

  他的确算是个有才的人，写得一手好文章，又是我们当中唯一一个专业知识最对口、最懂行的，一起实习的时候是最先受到上司青睐的一个，从这样的开头看，他绝对是怀才得遇的。

  可是慢慢地，我们发现他不再那么优秀了。

  他在会上每一次提出的方案，做的PPT几乎都是一个套路的，而每一次当经理指出他可以做得更好时，他总是坚持说我觉得这挺好的。第一次、第二次，经理还愿意指导他，可以怎么修改，可当经理发现，他的思维就是局限在那个很安全的领地里不愿出来的时候，渐渐也就放弃了。而我们这些原本不足的人，渐渐地都比他优秀了。

每个人都拥有或多或少的才能吧，有的未被发现，有的已经自知，有的才华盖世，有的以此为生。

千里马为数不多，但很多人都是有潜力的良驹。能遇上让不自知的自己挖掘出潜藏的才能的伯乐，自然是件好事。但若树苗还很羸弱，即使被发掘，也需要成长、需要吸收，让那不够足以支撑我们骄傲一辈子的才能，慢慢长为参天大树。

即使怀才，也不过只是一时或者一处的优势，怎么可以奢望这一点点不够大的才华，永远被人珍视，捧在手心？

你那小得不能再小的才华，并不值得多惊喜的偶遇和多长久的仰慕。

2.

突然想起前几天一件发生在我自己公司的事情。

起因是我让市场部的小朋友们反映一下最近工作状态不佳的原因，会后最勇敢的一位自称"冒死"谏言，发了一封吐槽信在市场群里，里面说到了很多工作中遇到困难的客观问题，大多指向他们的 leader（领导），其中一条就是每次讨论开会的时间都非常长，却没有结论。

吐槽和提意见是我很喜闻乐见的事情，本来也没把他们当成死板的员工。而且他们的 leader 虽然很有才华，但确实不是专业出身，没有管理经验，这也是事实。但是作为参与过几次他们的会议并有一次实在按捺不住站起来打断和发火的我，他们的思考角度和方式，才是让我担忧的。

我给他们回了蛮长的一封信，其中一段如下：

站在客观公允的角度上来看，领导作为会议或者脑暴的主导者，对于时间的把控和控制会议走向和结论，绝对是负有不可推卸的重大责任的。但作为参会人员的你们，一样有非常大的责任，你们根本没有拿出专业的态度去对待、去配合。

首先，会议的主题都是提前通知到各参会人员的，那么是否所有参会人员在会议之前都有所准备、有所调研、有所分析、有自己的结论呢？据我观察，每一次大家都是被动参与，脑袋空空。

其次，若要很好地把控一场会议的时间，是需要参会的每一个人都拿出职业素养和专业姿态的。我看到的你们，有一搭没一搭，嘻嘻哈哈聊着天，互相抛着不着边际无法落地的想法，彼此接着好笑好玩的梗。

脑暴不是茶话会，不是想到任何好玩的都值得说出来。你们也不是小孩子，要为自己说的结论和方案负责。集中会议更是如此，你们专业的做法是，需要在会上用简洁明了的语言，对自己说的每一个方案和提议，给出明确的原因和理由，优劣势分析和关于时间、成本、性价比、顾客反馈、预期结果等因素的考量，最后给出你对各个方案的综合评价和选择排序。

记住，你不要丢一堆零散的 idea（想法）让领导来挑，你不是让领导做填空题、做问答题、做写作题。你要做的是给出 2~3 个很明确的各有优劣的选项，让你的领导来做选择。

这是你必须具备的专业度。

而从这 2~3 个选项里做快速的选择和决断，才是领导的专业度。

我不知道信发给他们后，他们是不是真的懂我说了什么。他们都是聪明并且潜力无穷的孩子，每一个人都有着很高的天赋和属于自己的小小特长。或许他们是真的觉得疲惫不堪，觉得自己做得不好，团队出不了成绩，一定都是由于自己的领导不给力，使得自己怀抱着巨大的才能，却没办法最大化地发挥。

可是彼时的他们不明白，他们并没有做配得起自己天赋的主观能动性努力，并没有站在更高更远的角度去看待整个事情的走向，并没有正确认识自己所处的职业角色，拿出该有的职业素养，去面对每一项任务。

事物都有其两面性。

你说你怀才不遇，遇人不淑，在我看来，你本来是可以改变这一境遇，也改变你遇到的人的。

3.

曾经有一阵子，我有点怨天尤人。

那是在我读研究生时参加全球欧莱雅比赛输掉决赛后，正好阿姨来看我。我愤愤不平地跟她抱怨，说老天爷怎么老折腾我，为什么我总是在最关键的比赛或者考试里掉链子，拿不到第一，或者总是仅有一分之差呢？

阿姨轻描淡写："人家第一是不是就是比你强啊？"

"强什么呀，我们做的模型都是自己手工建出来的，他们就是花了好多钱找外面做动画的专业公司，仿照国外的案例，做了个特别炫酷的 3D 动画展示，就靠这些虚的，把评委给糊弄到了。"我很不服气也很不屑。有什么呀，又不是自己做的。找个外包团队谁不会。

"那你们为什么不做？是觉得你们做的比专业公司做得好？"

"……额，这不是没想到吗，也没舍得花钱……"我有点支支吾吾。

"那不就行了！人家晓得借力，懂得使用资源，这也是本事！人家舍得代价获得大成果，更是本事！你有什么不服气的。"阿姨说完，自顾自接电话去了。

说实话，有的时候真不想承认我有个这样心狠嘴辣的阿姨。可偏偏她说的都对。

被她这么一说，确实有太多比我厉害的人了，他们可能是技能上、专业上优于我，可更让人羞愧也觉得可怕的是，他们可能在思想境界、在格局眼光上也优于我。

自以为才高没有八斗也有五斗的我，看到的只是自己的不如意，却没意识到在许多地方，我本就不如别人。

那些我以为的不如意，都不过是再正常不过的结果罢了。

所以，哪儿有那么多怀才不遇啊，对于大多数人来说，不过是怀才不足罢了。

先混好职场再谈自己想要的人生

也许是社会太浮躁吧，身边总有"不想工作了，我要去做自己喜欢的事""我不想找工作，我想早点过自己理想中的生活""老板太傻×，我要辞职做喜欢的工作"等各种各样的声音，虽然我没法阻止人们追求自己想要的生活，我自己也不算是个有资格让大家不闯不试的人，但着实有些话，很想说。这是在选择自己想要的人生前，必须了解到的一些残酷事实。

1. 很多事情，不是你说不喜欢就可以不做的

我认识一个设计师，负面情绪比较多，总是抱怨老板让他去做他不喜欢做的事。

他常常说："这不是我应该做的呀！""我为什么要做这个？"

我问他，老板让你做什么事？

他说："比如跟制作商去谈标签的材质和价格，为什么是我的事？"

从表面上看，好像确实不是你的事，也绝不会有人谈得上喜欢去做这些琐碎的事。

可事实上，哪个真正独当一面、可以做全套方案的设计师不是懂得所有材质、市场价，以及拥有一套自己积累的供应制作商的名录的？

公司给你提供这样的机会和平台，给你足够的信任，去积累自己的知识储备，去形成自己的资源和人脉，即使不喜欢，也是值得去做的。

更何况，有些事，不是你不喜欢做，就可以不做的。

职场不是谈恋爱，没那么多你情我愿；

职场也不是幼儿园，你不吃饭、不睡觉还得哄着你。

2．不是你不喜欢的、不想要的，就是不好的

很多玻璃心的职场人，还没有尝试到成功的滋味，就因为挫折、批评、压力打了退堂鼓。

为了给自己留一点颜面，就说这个东西我不喜欢，我不想要。

把自己不会的，说成自己不要的，那是三岁小孩喜欢做的事。

这一点很像看人。

说不喜欢一个人，往往比说喜欢一个人来得轻松。我们很容易因为一个小小的缺点和毛病而全盘否定一个人，皱皱眉头，说这个人邋邋遢遢我不喜欢。可事实上，你不喜欢，不代表别人不喜欢，更不代表这个人不是个好人，不是个值得交往的朋友。

工作也是一样。

不是你不喜欢，你就可以说这个工作不好；不是你不习惯，你就可以说这种方式不对。

说不好和不对，人人都会说，推卸责任是这个世上最简单的活了，动动嘴皮子，不费吹灰之力。

可是你自己做好了吗？你尽全力了吗？你拿出专业的职场态度了吗？你摆平自己急功近利的心态了吗？你摒弃你的嫉妒和自卑了吗？你去尝试弥补你的短板了吗？你去尽力克服遇到的困难了吗？你去努力尝试沟通，解决矛盾了吗？

3．你还没资格说什么是你想要的人生

太多所谓职场人对工作的投入程度，简直差到令人发指。除了一身职场的衣服和精致的妆容差强人意，其他方面的粗糙简直让人忍不住吐槽。

我之前让一个员工做一份PPT，还给了其我曾经的课题PPT做参考，那是我能找到的自己做得最简易的一份报告了，我说你就参考这种逻辑和美观来做。可是他最终给我的一份PPT，除了封面和封底能看，其余的几页全是堆砌的图片，毫无逻辑可言，也没有任何美感可说。

我想着这是他第一次做，我耐心地给他梳理整套逻辑，告诉他第一页放什么，第二页讲什么，告诉他我想要看到的是什么。

他那一天加班到11点，第二天重新给我的时候，完全按照我的说法来的，确实不一样了，但也没给我惊喜。

然后他吐槽说，什么都按照领导说的来做，一点意思都没有，这不是我想要的。

职场如战场，所有人的时间都是金钱和性命。没有那么多愿意手把手地教你的上司和前辈，遇到一个少一个。

两份天差地远的方案摆在面前，可我却没有看到他有一丝学到一点就是赚到一点的欣喜，也没有一点知道差距后的努力思考和学习。

连这点提升都不去做，哪里来的因为学习和进步产生的满足感和成就感？脱离了原本可以有的努力和收获，有什么资格说，我就是不喜欢？

当你的才华还撑不起你的野心的时候，别好高骛远。

别在什么都没看到、什么都没够着的时候，就说自己已经看破了，这不是我想要的。

4．你做不做得好跟你喜不喜欢没什么必然关系

职场菜鸟一厢情愿地以为，我做不好现在的工作，是因为它压根不是我喜欢做的，我无法投入。只要是我喜欢做的，我一定能做好。

那我告诉你，连正常职场工作都做不好，还谈什么要做自己喜欢的事。

很久以前网上就流传一种说法，什么人只有做自己喜欢的事，充满热爱，才能做好一件事情。扯淡！这种安慰弱者的话你也信。

什么是精英？真正的精英就是，无论交给他的活，是喜欢的还是讨厌的，是分内的还是分外的，都可以用最专业的职场素养和最客观的职场判断，去把活做得漂漂亮亮的。

这个社会上大多数工作都是一样辛苦的，不分什么多寡，也总会有让你觉得讨厌、恶心、烦人的地方，更别说所有的工作都有着一定比例的重复和琐碎，包括你以为你喜欢做的事。当理想、喜爱和谋生、利益挂钩，当好奇和发现也成为日复一日的程式化，热爱终会慢慢变淡。

做得好不好，跟你喜欢不喜欢，没什么必然联系，别给自己找冠冕堂皇的理由。

5. 你足够优秀到迎接你想要的人生吗

也许是近年来"一夜成名""一夜暴富"的年轻新生代越来越多吧，写

公众号月入几十万元的数不过来，许多尚在职场的人心就痒痒了："他原先也就是和我做一样工作的，学历还没我高呢，他都能辞职做得风生水起，我有什么不能的？"

开什么国际玩笑？别自我感觉太良好行吗？

你知道成为一个作家需要经历多久的积淀和多少个日日夜夜的笔耕不辍吗？

你知道成为一个月入几十万元的大V或者大号每天需要经过什么样的选题，探讨，抓耳挠腮，熬夜，焦虑，以及漫长的试错和等待吗？

这些看上去轻松成功的人，即使你觉得也没比你强多少，起码人家比你耐得住寂寞啊。

你一点简单的工作都坚持不了，就喜欢唠叨和吐槽，一丁点的不顺心和挫败感就叫嚷着我不干了，我要选择自己想要的人生，你觉得你够能耐吗？

真的，没有什么完美的人生，也没有什么十全十美的工作。

在职场上，拜托少点情绪，多点行动。

拜托多点客观清醒的自我认识，少点大材小用的自我悲悯。

别一天天抱怨这不是自己喜欢的，这不是自己想要的，你连这点只需要你承担一角的工作都做不好，你还是别提什么创造你的人生了，你承担不起。

你连委屈、难过、自尊心受挫都消化不好，情绪毕露，我才不信你可以掌控

自己喜欢的事，过你想要的人生。

很多时候，不是庙太小，而是你太弱。

很多时候，不是领导傻×，而是你还不够牛×。

别年纪轻轻，顾不好当下，还总幻想我要的未来、我理想的人生就在不远处。

每一种人生，都比你想象的更艰难。

把兴趣当工作太奢侈，自由职业也不自由

我统计了下，微博、微信上收到最多的询问应该就是关乎人生和职业的，无数人问过我，不喜欢我学的专业，不喜欢我现在在做的工作，要怎样和你一样可以把兴趣当成职业，做自己喜欢的事，成为潇洒的创业者或者自由职业者？

这是个蛮值得深入讨论的问题，当看到越来越多的人投入自由职业者的大军，我觉得有必要正视一下这个三言两语无法客观回答的问题了。

如果说上一代对人生最大的迷思是有个朝九晚五的铁饭碗才算过上好日子，那么这一代的误区就是只有做喜欢的工作才会幸福。

你当然可以把兴趣当成你的职业，若有幸能甘之如饴终身，这几乎是每个理想主义者的高潮。

但是，有个我不得不放在最前面说的，"你的兴趣，必须能养活你"。不然，那就不能持续，它会渐渐摧毁你。

但如果你觉得你现在学不好你的专业，或者做不好你手头正在做的工作，仅仅因为它不是你所热爱的，那恐怕现实没你想的这么非黑即白。

我从不认为，唯有兴趣才能做好工作。这就像小孩子常把自己不会的说成自己不要的，太任性了。

有担当、有责任心，养成分析思考的习惯，愿意花时间、花心思、动脑筋、想办法，基本都可以做好一份工作，无论那是多难的工作。兴趣当然是助推剂，但绝不是必需的燃料。

"热爱你的工作"太理想化了，我从不要求自己，也不奢求我的员工。在我看来，能够尽心尽力把手上的事做到自己能做的极致，就是对他人、对自己最好的交代，它跟是否喜欢做，是否擅长做，都无关。

所以，很多时候你以为自己是不喜欢这份工作，其实你只是不喜欢工作本身而已——工作本来就不是为了讨人喜欢。

巴菲特曾经说过，比尔·盖茨去卖热狗，也会成为世界热狗王的。这跟他做的是不是他喜欢的、热爱的、感兴趣的没什么关系。

我记得一位美国的作家说过，工作首先是一份给你收入的 job，你必须付出对等的 work，才有机会凭借自己的能力获得 career（事业）。

兴趣？那都是这以外的事。

再来呢，我从不过分迷信热爱和喜欢带来的作用。

那些最终选择了兴趣作为自己工作的朋友，在恭喜你们的时候也得提醒大家必须正确认识一点：当兴趣转变为职业后，它就必须具备社会属性，它就必须成为半个或者一个商品，你再也不可以随心所欲地说："不，这不是我想要的。"

你能享受它带给你的乐趣，同样，你也得承受它之后带给你的心灵折磨。

我们举个最简单的例子就是公众大号作者，比如我很喜欢的六神磊磊，在全职写公众号前，他因为热爱金庸，将这份兴趣爱好写出来分享，文章犀利又风趣，所见即所想；可当辞职全身心投入到创作后，免不了为了生存需要听取客户的意见，文章的人为控制也渐显端倪。

总会有人痛心疾首地评论说"你变了"，他们自己未尝不知道这变了味道，可这就是兴趣变作职业后的妥协。

职业就要符合职场千百年来的基本规则，拿钱办事，拿钱办好事。

游戏规则需要。

（这也是我坚持保留一块净土的原因，我知道自己的财力不足以不考虑生活生存问题，因此永远也不会把写字和旅行当成我的全职。我希望未来直到我老去，我都能想写什么写什么，想去哪儿去哪儿。）

这是你选择将兴趣作为职业后，必须接受的。

兴趣和职业的分别，就像恋爱和婚姻一样——你是否能在美好消退之后，仍然日复一日地甘之如饴？

如果你能坦然接受激情终将退去，那就勇敢地选择。

写到这儿，发现自己上面所写的都是基于大家清楚地知晓自己热爱什么，就如明白自己不喜欢什么一样。

但我突然意识到，很多人所谓的兴趣和热爱，其实就是叶公好龙罢了。除却刚才提到过的拿兴趣当作并不喜欢任何工作的借口，还有就是没弄清自己到底喜欢的是什么。

是喜欢，还是畏惧着什么？

网络上种种表象所带来的自由职业者赚钱很轻松的误区，是大部分人纷纷想成为自由职业者的原因。

所谓的热爱，不过是喜欢光鲜亮丽又轻松的生活，而畏惧庸庸碌碌罢了。

我没办法以偏概全，只能举些我知道的例子。

我的朋友苏大编剧，是徐峥工作室的扛把子，写了好多票房上亿的剧本，可他年纪轻轻就患有严重的腰椎间盘突出症；小助理和黄曦夫妻俩，满世界跑给别人旅拍，可却常常连自己稍微偷闲玩的时间也没有，白天拍照晚上修片，日复一日；管子，看上去没心没肺卖衣服的美少女，也多少次在成堆的库存前抓狂，在彻夜上新修图片。

生活就是如此，不可能只有浪漫，没有辛苦。

相信我，你所看到的满世界跑，轻松赚钱，光鲜亮丽，都不过是无数琐碎织成的庞大的网下最美好的一角。

它们被呈现出来，刻意也好，无意也罢，不只对你，对呈现它们的人而言，本身也是弥足珍贵的。

如果你只是喜欢每件事情呈现出来的光鲜的部分，那就是在消耗这件事情。

而消耗，是最不持久的。

真正爱上一件事情，就像爱上一个人，不是你觉得她好看你想睡她，这不是爱，爱一个人是去呵护，去理解，步伐一致，共同变得更好。

爱上一件事情也是一样：

去做、去创造、去深挖、去研究、去学习、去花时间相处，才能称得上热爱。

总是消耗，不去生产，无论把什么作为事业，最后都会把它毁掉。

而若你真心热爱这件事，这份爱驱动着你去努力、去学习、去创造、去生产，必定会带给你很多或精神或财富上的收获，无须再去纠结要不要以此为工作，或者要不要成为一个自由职业者。

说到自由职业，诚如上面所述，如果只是消耗自己起初热爱的原动力，那么一定会对所做的事萌生放弃的念头，因为和婚前婚后一模一样，曾经的万般美好，终究会被日复一日的朝夕相处的柴米油盐笼罩上厌恶。

自由职业带给我的好处显而易见，但同时伴随的，是无时无刻不在的压力，是对自己约束力和时间规划能力的极高要求，是跟其他行业和社会脱节的危机感，是甚至不如普通工作的生活状态。

自由职业，并不是你理解的自在。

它的自由，建立在高度的自律和自我建设上。它的前提是职业，而不是热爱或者喜欢的事情。

既然都受制于职业二字，谈自由和喜欢都太奢侈。

如果要让我给什么结论，我说不上来，人生毕竟还是自己的。

但对即将步入社会，动不动被"90后身家上亿"的身边人挑逗得心急火燎的大学生们，我会建议：

你可以先找一份安身立命养活你的工作，同时不要放弃你的爱好与理想。

选一份你不讨厌的职业，把兴趣融入生活。

徐博闻先生说过的，以"经管法"安身，以"文史哲"立命，靠"烟酒茶"怡情就是个绝佳的实践。

希望我们都如纳尔逊·曼德拉所说的：

"愿你的选择反映你所希望的，而不是你所畏惧的。"

所谓自由和细水长流

我蛮喜欢的一个实习生，工作一个多月后跟我说要离开。理由是因为他实在受不了自己的方案每天都要被否掉，无数次地被修改，需要不断地加班，他觉得自己失去了自信也失去了自由，他太累了。

我心里是内疚的，内疚一个原本骄傲的孩子被我们残忍打磨掉了锐气和骄傲；但同时也犹疑着对眼前的他说，职场都是这样残酷，你太玻璃心了，不然为什么和你一样年纪的他们都没事。

他低下头，没有否认。

再次抬头的时候，他开口说："既然那么不开心，又何必勉强继续。世界那么大，我想去看更多更大的可能。"

我不自觉地皱了皱眉头。眼前的这个少年，如此年轻，和年少时的我一样，善变、不安、敏感、骄傲。有些话我知道现在的他不会懂，我也终究没有说。

我想起还没毕业的我，和他现在的状况也并没有太大的区别。

大学几年，一直在非常努力地打许多份工赚钱养活自己，唯一的念头就是不给家里增添麻烦而是分担压力。所以做的其实非常杂，从家教到翻译到酒吧打杂，啥都干，无怨无悔。但要说真的学到什么，无非是让自己学会了怎样从看似怎么都挤不出来的时间里，再死命地挤出点可怜的时间。

直到读大四时，家里负债不那么多了，我开始了真正意义上为了日后工作而进行的实习。

因为没有了那么重的经济使命，我开始变得对一份工作没有那么执着，换句话说，变得挑剔了。

上司不够开明规矩太多，还听不进去我的好建议，被强行要求按他的来，走了得了；

任何一个结论和方案，都非得用一人堆调研报告来支撑和分析，太死板太不接地气了，走了得了；

每天都做 PPT、Excel，都是差不多的套路，太没劲了，走了得了；

…………

我差不多换了三四个跟营销和金融相关的工作后，有点愤世嫉俗。怎么就没一个能够认真看到我的才华重用我，让我做重要的项目发挥光和热的好公司呢？怎么就都这么无聊和压抑呢？

而那时候我的一些同学，已经因为实习表现优异提前拿到了正式的 offer。

其中有一个是我很要好的朋友，我得知她去的是我干了一个多月就离开的公司后痛心疾首："你是有多害怕找不到更好的工作呀，这么早就定下来，丧失了多少可能的机会呀。肯定有很多比这家公司好的呀。"

她倒是一点都没有被我说郁闷，反而瞥一眼我："这家公司愿意提前给我 offer，我就能更早地融入他们，更多地了解公司的内部体系和愿景，能更快地学到东西，有什么不好吗？"

我没有说服她，倒是开始质疑自己。

好像，之前的三四份工作，我都还没有真正和里面的员工熟悉，还没有了解公司每一项工作任务的目标和动机，没有接触到真正有意义的事情，就下了死刑的判决书，执行理由是，他们太差劲，埋没了我的才华。

可是，我待过的这三四家公司，都是知名公司，甚至不乏世界 500 强，他们能做到这个程度，真的会那么差劲吗？在这么严苛竞争激烈的系统里能坐到领导这个位置的，真的比我蠢吗？ 而我真的是因为环境不够好，没人重视我才离开的吗？

放到现在，我当然明白，若有人到了比你更高的位置，他一定有起码一项比你高明、比你优秀之处。

可当时的我，第一次质问自己，并且在想了很久以后，才不得不承认，是我自己不够耐心，是我太过脆弱，是我总想着要自由、要洒脱、又要重视，根本经不起时间对我的考验。

什么是时间对人的考验呢？无非是，看你能不能放下那对功成名就和人身自由的双重渴求，而用一朝一夕的耕耘去获得水到渠成的收获。

有时候真的不能总是推卸到环境的问题上，因为绝大部分是自己的问题。

在那之后的一份工作，是一家广告公司，第一天入职的时候，上司跟我们几个新人说："我希望你们耐得住寂寞。"

有人扑哧笑了："高总，我做的是创意，你让我耐得住寂寞？我们需要的是灵感呀！"

他皱眉："任何一份工作都需要耐得住寂寞。"说完，转身走了。

我不知道他说的耐得住寂寞是什么意思，但是我从那一刻起，每当有放弃的念头，都会想起前几家公司带给我的自责和疑惑，想起他那句话。我提醒自己千万不要在遇到工作上的压力时有"干脆不干了，出去旅行吧"这样的念头，也千万不要习惯性地把工作的繁复和不顺归咎于上司和公司，我无时无刻不告诫自己："多忍耐一点，多学一点，多承受一点。只有承受住那些工作中你不喜欢的部分，你才可以好好迎来工作中你喜欢的部分。"

事实证明，这样强迫自己不无道理。

在第三个月的第二天，上司把跟欧莱雅的全球合作项目交到了我手里。

他交给我的时候说了一句话："现在我觉得你有资格了，因为你耐得住寂寞了。"

后来我在卡尔维诺的一本书上看到一段话："我对任何唾手可得、快速、出自本能、即兴、含混的事物没有信心。我相信缓慢、平和、细水长流的力量，踏实，冷静。我不相信缺乏自律精神，不自我建设，不努力，可以得到个人或集体的解放。"

这句话很晦涩，也很教科书，换到以前我是不屑的，可看到的瞬间，我终于恍然大悟，明白原来追求自由和细水长流完全不冲突。

每个人都希望拥有足够的财富和充裕的时间，可以实现财务独立又有时间享受财富带来的愉悦。对于以前的我来说，我希望自己可以满世界地周游，但我同时又无比忧虑我有一天会不会穷困潦倒。

这样的我，无疑是自私的，什么都想要，什么都得不到。

人生每一个选择都是有代价的，不是选择了自由就拥有了自由，也不是选择了前程就一定拥有前程。

而只有我们在选择前程时，一心一意地做好手头的每一件事，安安稳稳地给自己一个交代，才有可能收获成长、收获财富，从而进一步接近自由。

"既然那么不开心，又何必勉强继续。世界那么大，我想去看更多更大的可能。"世界的确很大，可是如果不自律、不努力、不自我建设、不改变自己的短板，只想着轻松即兴的一段又一段旅程，那么你不仅看不到、得不到更多的可能，最后的结果绝对就只是换一个又一个地方浑浑噩噩地走过而已，全然失掉自己想要的人生的意义。

是的，你既然不可能超凡脱俗不需要名利和社会需求，那一味地追求自由，只能让你连拥有自由的基本保障——时间和金钱都没有。

而所谓细水长流，便是学会自律、学会努力、学会自我建设、学会谦逊，在一个领域学到无法再学习更多，在一片土壤扎根到无法再伸展更深。

至此，你才有资格说，你想去看看更大的世界、更多的可能。

寒门为什么难出贵子

说实话，作为一个出身普通的人，虽然我从几年前开始就经常能够听到很多人感慨，"富人越来越富"，但我只是浅显地理解为，他们比我们拥有更多的钱，凭此去投资、去赚取更多的钱。

我们只是起点不同。如果穷人有了钱，一样可以越来越富。

马太效应嘛，就像适者生存一样，是世间最冰冷的规则，却又无处不在。没什么好觉得不公的。

可我近两年，终于渐渐认清，"富人越来越富"，不只是因为他们一开始就拥有更多的投资资本；

穷人越来越穷，很多时候也不仅是因为手头没钱做不了想做的事。

出身的不同给人带来的差距，远不只是在起点时的财富、受到的教育和拥有的资源这么简单。

真正让我觉得难以跨越的，并不是财富、资源和地位上的差距，而是家境的不同给一个孩子带来的格局和心态的巨大差异。

这两项在这个社会阶层流动逐渐减少的时代，对于长大后的年轻人的事业、人生的影响，远比努力和天赋来得重要。

为什么这么说呢？

因为这是一个若想成就大事业，既有机会越来越少（已经被大佬们瓜分完毕，马云、王健林那个时代已经过去），需要去挖掘风险较高的潜在机会，也需要付出更多成本的时代。

而富裕人家的孩子，往往更有勇气、底气冒险去做这些事，也更能把这些事做好、做大。

因为金钱的充裕，带来的是长久以来形成的无后顾之忧的笃定感和没有什么是输不起的底气。从而带来的是对所做事情必须高标准的极致要求，是一个年轻群体长久以来充沛的自信，以及在面对选择时的更有魄力、更有格局。

这一点我以前感触不深，在学业和单纯的职场上，都不存在太多的机会成本，所以不怎么用得上格局这个玩意，因为自己尚且还算混得可以，没有发现很多心有余而力不足的情况。

但这两年因为自己创业做品牌，感触真的特别深。

由于我到现在为止，所有的资金都是自己辛苦攒下的，这种钱财来之不易的过程让我在做很多决策的时候，明知怎么做可以更好，但却无法孤注一掷地去做。

所以很多时候，产品没有做到百分之百满意，宣传舍不得花大钱，该找优秀的高管做的事得一个人包揽，为了节约一些钱浪费了不该浪费的时间………这许许多多的事，我知道自己做的是不对的，总结的时候也总结成让自己很羞赧的格局不够。

但如果知道问题在哪儿，照理说不会再犯，对吧？问题就在于即使心知肚明，下一次仍会这样。

因为我就算相对来说很勇敢，依旧不敢拿所有的家当来豪赌，我怕输，怕从头再来。

这是成长过程中无数次认知到家里不够有钱、妥协、退让、放弃、牺牲、自卑、为家人考虑后的根深蒂固的思维方式，非一时可以改变。

当想做一件事，想成为某种人，或者面对一项可能影响到成败或者未来的关键决策时，富裕人家的孩子往往能不计成本，不计得失，勇往直前。

而像我这样贫寒家庭出来的人，常常会权衡利弊，考虑周全，退而求其次，或者将自己觉得非常好的想法和念头忍痛割爱。

因为没资本，没退路；因为没后路，输不起，不敢输。

即使能成为优秀的人，格局也不会特别大，这是我现在经常觉得可惜的一点。

这两年，我常会去留心那些做得优秀的品牌、产品、工作室、公司的主理人或创始人，我发现有很大一部分人都是家境优渥，平日自己生活水准很高，对自己做的产品要求极高，对细节把控极严的完美主义者。

我认识的一个姑娘，家里条件特别好，老爸是影视业内数一数二的大佬，她自己特别爱美食，"不管花多少钱，不管能挣多少钱，我要把这东西做到最好，做成我喜欢的我最想要的样子"，这是她每一次做产品时挂在嘴边的话。

这也是他们那个阶层里很多人的共同点。

他们并不是那种败家的富二代，他们大多也都是高学历、高素质、高要求、高标准、高格局的理想主义者。因为有足够的资金保障，理想主义者的理想，往往能实现。

而这种话，我却不敢说，我也不敢如此理想主义。因为我的钱花完了就没了。即使用的是投资人的钱，依旧是小心翼翼，生怕断粮。

　　我在工作和面试中，也接触到很多优秀的年轻人。比如我的一个员工，本地人，家庭条件很好，本人也很上进，工作表现算是同龄人中的佼佼者。但是他对自己的未来有超乎寻常的明确的规划，当工作无法给他带来成长和满足，当他在过程中意识到自己感兴趣的领域，他便随时可以辞职去读书，哪怕用上一年的时间复习，甚至读完书再去做一些并不赚钱的义工。

　　说实话，我是羡慕的。换作是我，那个年龄的我完全做不到可以如此不需要顾虑任何因素，由着自己做喜欢做的事。

　　一份工作再无趣无意义，也不敢轻易辞职；不工作就没收入，交不起房租；读书依旧要考虑就业、吃饭、养家……你看，没钱要考虑的问题就是如此现实。

　　我羡慕的是他们可以一直天真烂漫，保持初心。大概是他们从小可以相对容易地得到自己想要的东西，不需要花太多心思看别人的脸色想办法，也不需要降低自己的标准，退而求其次。

　　可"保持初衷"，对于普通出身打拼事业的孩子来说太难了。现实和理想面前，往往只能依着现实，毕竟活下去才最重要。

　　有的人对这种现象嗤之以鼻，说能用钱搞定的都不算大事，拿钱砸活算什么本事呀。

　　我不置可否，毕竟现在有钱人家的孩子大多也都很有能力，人们津津乐道的败家二代都是少数。

　　但排除那些，我觉得格局和魄力，是他们的核心竞争力。

　　这个社会本来就很现实，以成败论英雄。

　　而格局和魄力，在现在这个社会，越往后越将成为出成绩的关键。

"寒门"孩子由于从小必须懂事、顾全大局、替家庭考虑，被要求放弃，在后来面对人生选择和事业决断时就会瞻前顾后考虑太多，不会出大错，也很难置之死地而后生地到达顶峰。

很遗憾。

我发微博后有人问我，令姐你说得是对，很无奈，可是为什么以前常说寒门出贵子呢？

其实这句话，不算正确。寒门一直都很难出贵子。

为什么呢？

确实，在中国古代，寒门子弟也是有稳定渠道改变命运的，例如管仲、匡衡、车胤、陈平、郑注、魏徵等。

但在官本位时代，上层阶级、中层阶级和底层阶级是不存在太多机会和选择的。由于商人的地位较低，基本上贵子只有一个含义——入朝升官，封侯拜相。

这个升官的唯一稳定渠道就是科举制度。这意味着你只要好好读书，考个好成绩，你就能"学而优必仕"。

所以，除了少数世袭官爵、拿钱买官的现象，大多数人进入上层阶级都只能通过科举考试。所以，这种只要好好读书，就会有个好未来的路径，很大程度上给了人们一种命运掌握在自己手中的感觉，当然也真的会改变命运。

但如果你从整个社会来看，阶级流动仍然非常小。一朝为官，几代都能享福。

而"寒门出贵子"为什么会为我们所熟知，是因为这个观念重新盛行在我们的父辈那一代。

尤其是70后、80后，一定不会对"你只要好好读书，考上好大学，就能出人头地"这样的论调感到陌生。

他们错了吗？

也不是，还是时代的问题。

20 世纪 70 年代高考制度刚刚恢复，许多农村家庭出身的孩子仅仅尝试一次，就可以凭借高考成绩顺利地来到大城市，获得一席之地，成为家族的骄傲。（比如俞敏洪，比如我父亲。）那是在此之前的中国底层人民想也不敢想的事。

他们用自己亲身的经历验证了"寒门也可以出贵子"，但他们没有认识到，这是由于那个年代的极端特殊性造成的。

但现在不同了。

中产阶级以上的人，即使读书成绩不好，依然可以出国，可以开公司，可以有很多种选择。而平民子弟就只能跟自己磕成绩，万一天赋一般，同时父母无法指导，上好大学的概率或者留学的机会微乎其微（比如我，因为家庭经济条件限制，曾经不得不放弃辛苦申请到的哈佛 offer）。

似乎可以看见将来的路：一份勉强糊口的工作，一个望着房价望眼欲穿的青春。20 岁出头的时候或许还可以想象一下可能有的未来，工作三五年就被工作和收入打得鸡零狗碎，30 岁的时候开始有强烈的焦虑和挫败感。

父母给子女的资源开始强烈地影响子女的人生——这个就叫作阶层固化。 社会越发达，阶层越固化。这是社会规律。

还有人问我，虽然我们起点落后了，但努力拼一拼，追一追，也能赶上，对吧？ 他们富人都不居安思危。

当然有机会。

但是抱着他们不居安思危的想法也是大错特错的，起码我认识的这些家庭条件很好的孩子，大多也都是拼命三郎。那些不学无术的公子哥，真的是少数。

龟兔赛跑，兔子也在拼命向前跑。

这么看来我似乎很悲观了。不是的。

尽管贫富差距很难靠一代改变，但也是可以通过几代人的努力和积累实现跨越的。

虽然寒门真的很难出贵子，但不是说出身平凡的人就一辈子在中下层了，他们依旧有很多自己创业成就事业的机会，也有很多不需要依赖父辈资源、靠技术和手艺生存的职业，未来也会更加重视有一技之长、有文字能力、表述能力的人才。

更不是说这样就可以找理由不奋斗混吃等死了，反正永远成不了人上人。

我想说的是，作为出身普通的一员，我们要时刻提醒自己需要克服更多长久以来心理上的障碍，去拥有同样的选择和决策时的底气和格局。

同时，我们也需要认清，人的价值并不是靠"寒门出贵子"里的"贵"来衡量的。

现在大环境浮躁，大家的生活目标呈现极端的两极分化，始终觉得生活要么是极度赤贫，要么是一跃成为巨富，赤贫时被人手持钢鞭打，成巨富了就手持钢鞭打别人，始终有一种一定要奴役剥削别人，或者一定要比别人优越的狂热感。

简简单单的平等、自知、尊重、富足和社会责任感却罕见人提起。

这是个值得每个人警醒的问题，现实很难被改变，但如果年轻人都能意识到这点，不因贫困而自卑，不因富有而优越，更能意识到社会问题和自己的社会责任，少沉迷在个人努力的神话和急功近利的物质追求里，那么便不能说这糟糕的现实肯定不能被改变。

说到底，意识到寒门难出贵子，并不是让人绝望的事，反而是一种对于自己能力上限的客观认知，它让你更心平气和，更包容自己的心有余而力不足，也提醒你需要去克服的心理障碍。

　　出身是我们不能决定的，而是否能克服出身带来的思维和格局上的差异，并且生活得幸福知足，获取精神上的富足，却是我们可以努力改变的。

有钱人不欠你的

昨儿顺道捎了一个聊合作聊得蛮好的小伙子一程。

等红灯的时候，他突然就带着愤愤的口气说："全是豪车，为富不仁！不是富二代就是二奶！真是穷人穷死！富人富死！"

也不是第一次听到这种话，我轻描淡写地说："哈哈，也许吧。"

"我们老百姓的钱就是都给了他们！要是没有这帮人，我们不知道该过得多好！我们过得那么辛苦，都怪这帮人。这要放古代，我就劫富济贫！这帮人就是该死！"

我一惊，抬头看他，年轻的眼睛里喷射出不知哪里来的仇恨，一种基于臆想和歪曲的无逻辑的仇恨。

我心想着，还好我不是豪车，不然我也在该死的行列里。送他下车后我就跟助理发微信说，合同别准备了，不跟他签了。

他让我想起了很久以前的一件事。

在那个大家的贫富档次刚刚开始拉开距离的 20 世纪 90 年代初，我们那个原本每家每户都差不多，各自骑着长得差不多的黑色自行车，晚上回来在楼道里纷纷点个煤球炉，围坐在一起乘凉的单位小院里，突然，有人家里开起了小车、有了电视机、换成了煤气灶。

有人开始闲言碎语。

有猜测对方做了不干不净的勾当，要被抓进去的；有揣度对方是不是抽中了彩票得了大奖的；有的说，肯定好景不长，看他们这败家样，回头看他们哭吧。总之，没有一个是往好里想的。

我妈属于那种两耳不闻窗外事，只顾睡觉和漂亮衣服的人，我爸属于那种每日醉心于麻将事业的人，他俩并没有太多牵涉其中，所以我能感觉到的变化，也就仅仅是放学回家在院子口听到的三两个妇女的只言片语。也就没往心里去。

一段时间过去，人家非但没被抓进去，也没败光家产，反而越来越有钱，直到终于要搬出我们那个小院儿，搬去大公寓了。

搬家那天，我目睹了让我年幼时尚未健全的三观差点动摇的一幕。

当主人正在搬东西并且装上搬家的车时，只见我们五楼那户人家的李叔叔就冲过来拿着擀面杖把已经抬上车的电视机和收音机等砸个稀巴烂，嘴里喊着："你们那么有钱，借我们一点不行吗？！就许你们买电视机、洗衣机，不许我们买吗？！"

眼睛里竟是铺天盖地的正义。

本来是送行的围观群众中，胆小的譬如我妈拽着我赶紧回家；爱管闲事的譬如我爸，冲上去抓住那人的手说，干什么，别打架。

而被砸的女主人，竟然只能在旁默默掉眼泪。

那天晚上我问我妈："张阿姨拿过李叔叔家的钱吗？为什么李叔叔非要

找她借钱？"

我妈漫不经心地回答我："不是，李叔叔脑子有病，你别理他。"

于是我真的以为那个叔叔脑子有病，后来的几年里一直绕着他走。

直到后来稍微大一些，直到我因为爱赶时髦的爸妈也骑上了最时髦的山地车，直到那个叔叔也从对我爸妈好声好气到恶言恶语甚至每天晚上上门要挟，直到我们家也搬离了小院。

我才知道，他脑子真的有病。

病在他觉得所有比他有钱的人，都欠他。

并且，堂而皇之、理直气壮。

后来的日子里，我常常感慨，不努力或者没成就其实也不是错，每个人都有自己的追求，不需要谁都爱闯爱拼，你死我活。

可是不努力偏又愤世嫉俗，偏又喜欢否定成功者的努力，就是你的不对了。

我遇到过很多见不得别人好的人。在他们的逻辑里，有成就、有财富的人，不是家境好，就是运气好，反正不可能是靠自己的本事成功的。

本以为像这位叔叔这样的人已经足够奇葩、足够扭曲了，可后来我发现除了见不得别人好的，更可怕的是，还有一些人，觉得自己的不顺利、不成功、不富裕的一切现状，都是那些比他牛×的人造成的。

在他们的逻辑里，那些有名望有权力的，不是人品劣，就是阿谀奉承，或者就是为富不仁，反正没好人。

这些人，统统应该为自己的富裕、自己的成功、自己占据的社会资源付出沉重的代价。

这些人，就该无条件地帮助你，顺着你，依着你。

于是乎，天底下只有你最善良。所有人全都欠你的，所有人都不该享受他们的生活，必须要接受你的正义审判。

就如昨儿坐在我车上的那个年轻小伙子。

这样的人，我无法相信他会做成什么事。

嫉恨是人的天性。

嫉妒别人的所获，给自己的不努力找借口，多少也算人之常情；但刻意放大社会不公，把自己臆想成不公正的牺牲品，觉得所有比你厉害、比你有钱的人都欠你的，从此让自己生活在无名的怒火中，就是扭曲了。

我以前写过一篇文字，里面提到我那个优秀的 Z 学姐的故事。

总会有人质疑你的背景、你的成就、你的容貌、你的一切，因为你比他们优秀。

我说，被质疑也正说明你还不够优秀，如果不想被唾沫喷到，就爬得再高点。

这话安慰了不少人，包括我自己。

对啊，乞丐不会去嫉妒一个企业家，他只会去嫉妒比他收入更高的乞丐而已。

正因为我们还没脱离乞丐行列才会被嫉妒，那就更加努力呗。

可是对于那些永远活在不公正的黑暗心态里的人来说，即使我们爬得再高，真的成了企业家，在他们眼中也永远是个肮脏的坏人，永远该被他们吐口水，被审判。

我很想对那个小伙子说，别把你的无为，归结为别人的有为；别把你的无能，归结为别人比你厉害；别把你的贫穷，归结为别人比你有钱。

哪个有钱人是天生有钱的？即使是富二代、富三代，那难道不是他们的祖辈、父辈靠辛苦、靠努力一分一厘积累起来的吗？

别永远拿剑指着那些根本没做错什么的富人，他们仅仅只是靠努力活得还不错，好歹强过什么都不做只知道愤世嫉俗的你。

他们不欠你什么，他们也没义务为你做什么。

别那么悲愤，这个世界看似不公平，其实是公平的，富人真的不欠任何人。

富人没抢走你任何东西，你过得不好，真的不是他们的错。

你离头等舱，只差一颗野心

熟悉我的人其实都知道，我虽然过得了苦日子，也是有梦想绝非唯利是图的人，但无疑也是个爱钱、爱赚钱、爱花钱的俗人。

我没法不爱钱，也没法不意识到赚钱的重要性。

从 17 岁那年，看到一身文人傲骨的家人为了钱而窘迫低头，我第一次意识到，钱绝对是个好东西。

从那天起，我暗暗咬了咬嘴唇，我再也不要做那个毫无野心、淡泊名利的没出息的傻子。

我要梦想，我也要面包。

我要创业，要改变社会，前提是要赚钱养活自己、养活公司。

有太多的文章在宣扬着，没有钱我们依然可以过得很好，金钱不重要，自由和开心才重要，诸如此类。这些话，让仍处于社会底层挣扎，偶尔在富人挥金如土时绝望的我们感觉到一点点安慰，"你看，我虽然没钱，但是我怡然自得，我懂得知足呀。"

这些话部分来讲是对的，但如果对于还未拼搏、还未努力追求过好生活的年轻人来讲，我觉得并不适用。

年轻人，不要在年轻时就想着用平凡可贵去安慰自己一生的碌碌无为。

年轻时候有野心不可或缺

现如今，我们生活在一个没有野心也不会饿死的社会，所以越来越多的人相信，即使没有钱，仍然可以很好地度过这一生。

可是人虽然不容易饿死，但贫富差距和生命的质量差距却在不断增大。

有人住在大别墅，有人蜗居在小仓库；有人坐着头等舱，有人买经济舱还要挑凌晨的航班；有人全世界到处玩，有人半辈子舍不得出行。

我无意歧视什么，也无意炫耀什么，我也曾蜗居在小仓库里，颠簸在绿皮火车上，挑红眼航班，不舍得花钱。直到现在奔向而立之年，都只能算是初步脱离贫穷，但距离有钱人仍然一步万年。

可正因为经历过全部，我才知道阶级分层的残酷性和赚钱的重要性。

这个看似人人平等的社会仍然存在着太过明显的阶层，不管是来自经济、教育、衣食住行，还是工作。

我曾经对于头等舱嗤之以鼻，常常在经过头等舱通道或者从隔帘的缝隙里窥见一些跷脚看报的"有钱人"时心想："都在一架飞机里，何必多花1000块钱甚至几千块钱去享受这不知所谓的优越感呢？"甚至把他们的读书看报当作一种对于自己身份的刻意彰显和区分。

直到有一次，我因为那阵子出差频繁，里程很多运气好被升至头等舱，享受到空姐无比体贴又热情的服务，吃到了虽不算美味但足够精致的食物，睡了一个绵长舒适的好觉，亲眼看到飞行的几个小时中，头等舱的其他人除了闭眼休息外，不是读书看报就是用电脑工作。我才知道，原来头等舱和经济舱的差距在这里。

这差距不是钱，而是对生活的态度和对自己的要求。

在被经济舱的吵闹和拥挤折磨得既睡不着也无法看书工作的我，只能靠看电视剧、玩游戏打发时间的时候，别人却在补充睡眠，抑或补充自己的知识和涵养。

年轻时把今后一定要坐头等舱的决心当作一种野心，并非什么坏事。或许有人认为这是爱慕虚荣的表现，但爱慕虚荣不见得一定是坏事。

有伸手就要的爱慕虚荣，也有靠自己努力拼搏的爱慕虚荣。

年轻的时候虚荣一点、逞强一点，拥有靠自己去改变生活、改变家人，甚至改变社会的野心，于自身成长不可或缺。

用更短的时间去赚更多的钱

有人说过："世界并没有你想象的那么大，这个星球上几乎没有 48 小时不能抵达的角落。你之所以觉得世界很大，是因为穷，尤其是在时间支配权上的拮据。所有美好的东西都是由成本构成的，而不是意愿、志向、胆量和奋不顾身……"

是的，"如何用更短的时间赚更多的钱"才是改善人生质量的关键，这两个条件缺一不可地重要。

在物资匮乏的年代，时间是不值钱的；现在，钱是最不值钱的。

时间对我们来说，越来越重要。

我常常在听到来面试的人跟我说"我才刚毕业，赚钱不重要，我只是想学一些本事"的时候心里会想，虽然这是很多老板喜欢面试者对老板说的，也喜欢听，但作为我个人来讲，我希望他们说的是违心的，我希望他们把赚钱放在更重要的位置。

毕业的时候 23 岁，距离 30 岁只有七年，看着还很久，实际上转瞬即逝。

如果没有很紧迫地要赚更多的钱过更好的日子的欲望，就很可能停留在一份工作只是糊口的工具的思维层面，无法激发更多的拼搏欲和内在动力，也就不会激发出更多的潜能和爆发力。

时间没有你想象的那么长。你只有争分夺秒地去拼命，才能过上你想要的生活。

不努力追求更高的目标，就无法见识更广阔的世界。

一辈子停在让自己舒适的区域内，不踏出一步，固然也能轻松地慢慢地学到一些什么，却也永远拥有不了更好的生活。

毕竟，越往高处，风景越美，空气也越稀薄。

你的成就取决于你的思维方式和格局

很多人说，省钱更重要。可是再省钱的人也没有省出个比尔·盖茨，倒是那些舍得花钱的人，我们眼看着他越来越有钱。

祖辈们会从小教导我们，"财富是靠积累起来的"，这当然没有错。

父母总是舍不得扔掉那些衣物，虽然以后一般都用不到——因为要省钱。明明已经吃得差不多够了，却不舍得剩下，硬是尽量光盘，虽然知道多吃反而对身体有害——因为要节约。

这些观念是如此根深蒂固，控制着我们这些年成长的思维习惯，让我们做出现在客观上已经不合理的选择。

但是能够改变你人生的财富往往不是靠积累来的，而是靠孤注一掷的勇气和拼了命般的努力得来的。

如果我们谁都不敢拿着自己的积蓄去赌一把创业，如果我们谁都死守着那点薪水不去投资，如果我们谁都没有勇气下海经商，或许这个世界会人人吃着大锅饭，其乐融融。

自然，我们也绝不可能靠那攒下的钱来翻身农奴把家当，更谈不上改变社会、改变世界。

你的思维方式，决定了你能走多远。

以前我做什么都希望亲力亲为，连刷墙砌砖都撸起袖子自己干。这在创业早期堪称白手起家的励志故事，但后来，我仍然保持着这种用有限的精力去做无限的小事的"优良传统"。

直到有一次被投资人狠狠地骂了一顿："我们给你钱，不是为了让你做这些不能带来增值的小事的。你是管理者，你的时间和精力是宝贵的，你有你更值得去花费力气的战略和方向。公司让你做 CEO，你的时间就不完全属于你，如果浪费在这些低效率的事情上，就是在浪费公司的钱和资源，是不道德的。"

说得我恍然大悟。

一个合格的管理者，最重要的事，是思考战略和寻找最优秀的人才，他并不需要自己事事全能。马云也不会编程，王健林也不会刷墙。

你的格局，决定你的高度。

那些成功的人是什么样的人呢？他们始终铭记，要用有限的时间做最有价值的事。

以前我的父亲曾在尝试生意失败后叹息，"贫穷会让人消极"。我不太相信。贫穷而又积极的人，不是也有很多吗？比如我们。

可事实上，这个社会上，贫穷而又消极的人，大把大把地存在。因为贫穷而更消极的，更是大有人在。

用更短的时间，去赚更多的钱，并不是让我们学会挥金如土，奢靡浪费。

而是当我们想要去某一个国家，即使路途遥远，也想看一看那巍峨的雪山，那壮阔的沙漠时，随时买得起机票，也付得出时间；是当我们无法再用年轻的皮肤去撑起五颜六色的平价衣服时，可以给自己买得起简单但是有质感的大衣；是当我们在熬夜工作无数次之后，能够随时吃一顿好的犒劳自己，也能在舟车劳顿之后，睡一夜柔软舒适的床。

金钱和时间，缺一不可呀。

总会有人劝诫你，比如：人生不应该被金钱左右，金钱是最虚无的东西，等等。然而从来也没有一个人发掘出真正意义上足以取代金钱的东西。

而且，说这些话的人你可以去看一下，往往不是碌碌无为、活得狼狈、自我安慰，就是已经功成名就体验过后看淡名利的人。

别再说钱不重要，自由才重要。钱和时间才能带来自由，它们一样重要，它们是你人生更为丰富和充实的缺一不可的伙伴；别再觉得青春无畏，时间足够，改变自己的人生来日方长了，如果不用更短的时间去赚更多的钱，不用更深的思维层次和格局去做更多的事，你的青春终将虚度；也别再对那些曾经和你一起吃苦，现在却过得比你好的朋友说"你变了"，别人变得更好了，过起了比你好的生活，起码说明别人比你有野心并且有行动力，而你一味地惋惜，只会让你浑身上下散发着悲惨的气息。

我们和头等舱的距离，和想要的生活的距离，其实差的就是那一颗野心和要求。

二十几岁的拼搏结果会反映到三十几岁的人生，你现在的"虚荣"会让你体会到生活有更好的质量、更好的人生体验、更多的可能性，没有白走人生这一遭。

最怕的就是，你一生碌碌无为，还安慰自己平凡可贵啊。

20 years old
Life style

20 岁的生活方式
决定 30 岁的打开方式

Decided to be
30 years old
Open mode

Chapter

Two

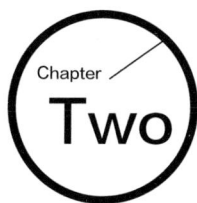

20 岁的生活方式，
决定 30 岁的打开方式

你是那个吃力不讨好的人吗

前阵子去美国出差，等朋友的时候逛了逛路边的化妆品店，看到有一个系列的口红都是以男孩子的名字命名的，觉得很特别，就挑了十几种不同颜色的给办公室的员工们带回去当小礼物。

不懂化妆的我完全不晓得这个叫作 TOM FORD（汤姆·福特）的牌子这么贵，去结账的时候还以为自己听错了价格，但确实喜欢，还是买了下来。

拎了一兜子走出去，刚要跟美国的朋友打招呼，她就很认真地把我拉到一边开始教育我：

"Ling，你说你创业，出国住民宿不住酒店，每天走那么多路不舍得打车，我都还能理解，你前几天去最北边那么冷，冻得发抖，我劝你买件外套，你说 1000 多块钱呢算了吧，最终还是没舍得买，可是怎么给员工买这么奢侈的礼物，一口气五六千块钱眼睛也不眨。我不喜欢你这样。你这样不对。你这样对自己和对他人的方式，我敢肯定他们不会体会到你是在真心对他们好的。你就是吃力不讨好而已！"

她一口气很快地说完，表情严肃。

本来拎着袋子欢欢喜喜的我，登时愣在了那里。竟然无言以对。

我想了下，确实我一点也不确定，自己这样做就能让大家觉得我花了心思，就能让大家觉得我在对他们好。

因为按照我的性格，很有可能拿回去只是轻描淡写地说，给你们顺便买了礼物，你们大家分一下吧。

没人会知道我花了很久去一根根地看名字看颜色去选，也没有人会知道这个有多贵，更没人会知道我不舍得给自己买却给大家买。

最有可能的情形是，大家觉得，哦，令姐可能自己买东西顺手给我们带了吧。或者令姐在机场免税店随便买了点小礼物吧，可是她玩了那么久，也应该吧？

这么说来，我还真是属于吃力不讨好吧。

突然想起之前我和异地的男友吵架，我一时生气说我每天累死累活操心这操心那的时候也没见你替我做过什么。可能这句话彻底激怒了平时寡言的他，他流着眼泪冲我大喊："我还没为你做过什么？我每天不管自己的项目有多忙还是第一时间回你信息，你们每天都有一堆系统上的问题找我处理，我每天不知道要帮你们对接技术打多少个电话，写多少个需求文稿，我每天哪怕被领导骂也第一时间处理你的事，自己的工作加班加到半夜两点……我只是怕你更操心都没有告诉你罢了。你竟然还说我没为你做什么！你都不知道！"

话筒对面的我，听得怔住。

他说的这些，我是真的全都不知道。

我愧疚得一时难以自持。是我太没良心了吗？是我活在自己的世界里了吗？是我太神经大条了吗？

可是，仔细一想，他为我做的这一切，即使处处为我，可远在几千公里以外，若非告诉我，又如何能得知呢？

我们很多人都生活在一个需要时刻全神贯注去应对的社会里，每天有太多事情需要我们去解决，可能真的没有那么多的机会，可以好好地去揣摩对方的一个眼神、一个动作和一句话的含义。

那些你默默做的，那些你话里掩藏的百转千回，那些你递过来的柔情蜜意，可能真的就这么被当作寻常的事情，忽略掉了。

这可不一定是不在乎啊，可能是因为没有那个时间、精力和意识去思忖其中的深意，也可能是觉得自己别想太多，万一会错意有太多期待落了空也不好呢。所以，许多的委屈、不解、埋怨在这样的间隙中扎根生长，直到某一天，长出枝丫，刺痛站在上面的人。

因为这样导致的误会和分手我想应该不计其数，若有人会如我一般说出不满，也如男友一般懂得在被误解后一五一十地嘶吼出来，倒是幸事。可若谁都不说，那估计早就一拍两散，即使往后辗转从旁人口中得知，说不定也早因为误会和埋怨，失掉了回头的机会。两个人直至疏离，都仍不知道问题究竟出在哪里。

再想来，从小到大自己一直是个不善于表达感情的人。

也许是射手座的通病，哪怕心里很在乎也永远是满不在乎的表情。

因为觉得说爱、说想念、说担心是很肉麻的事情，往往挂在嘴边的人也是最不真心的人。就宁愿做那个无论对方出什么事找我，都风驰电掣般冲出家门，却在临近他们面前时，云淡风轻地放慢脚步的"没心没肺"的人。

这样的我，总是被家人、被朋友、被爱人埋怨："她呀，最没良心了，从来不担心我们、关心我们。"却也不争辩、不委屈。反正都是最亲近的人，计较这些付出做什么。

渐渐地养成了不说的习惯，养成了被误认为冷漠的习惯，养成了什么都不争不抢的习惯。

却也在现在，渐渐明白，这是个多糟糕的习惯。

糟糕到，我的员工常常被我当成了"白眼狼"，我觉得为什么我对他们那么好，他们竟然总是体会不到。而事实上，是我从来没让他们觉察到。他们看不到我背后为他们付出的心血，他们看到的只是我工作上的严厉。

于是，我在纽约大道上被朋友训后站着的几分钟里，想了很多，终于想明白了一个道理。

很多付出是要靠说的。不要做那个吃力不讨好的人。

以前很讨厌那些给你带了点东西，就要说半天"哎呀，我这个是从英国带回来的啦，很名贵的，很难找的""我这个可是跑了很多地方好不容易才给你买到的""这个可是限量款呀，全球都没有几个"的人，觉得好虚伪、好邀功，说得这么不容易是要让人感激涕零吗？

可现在想想，那些他们送的"名贵""很难得到""限量"的东西我也真的在历经几次搬家时都没有舍得丢掉，好好地保存了起来。

这些人，也在我每次看到这些东西的时候清晰地记起来，甚至有些人还成了好朋友，我已经把他们每一次的"邀功"当作了一种他们对我的重视。或许，真的是呢！

而那些送我哪怕自己很珍视的东西但却没有告诉我，或者为我默默做了什么却云淡风轻的人，我似乎也真的并没有太珍视他们只是"顺手带"的礼物，或者感恩他们为我做的一切。更可悲的是，有些人，我竟然觉得他们并不怎么把我放在重要的位置，哪怕很久以后有一天知道，自己原来被默默照顾了许久。

在我们从小接受的教育观念里，做好自己，不要去管别人。你只要努力，只要默默无闻地一直做着该做的，有一天一定会被看到、被认可。

可是，我发现这其实有一半是错误的。你可以很努力，但你也很可能无法被看到。

以前觉得，努力和付出都是不需要靠嘴巴说的，但现在发现，它俩都是需要靠嘴巴去说的，除非你一辈子不觉得委屈。

你不说，别人也不说，那么可能你的努力都被忽略、被无视。你不说，而别人愿意把每一步做的、每一点努力都告知给他人，那么成功获得重视的可能就是他人。最常见也最容易让人内心不平的情况是，你明明优秀，明明努力，明明做了更多，可是却无人知晓，他人却因为巧舌如簧，获得青睐。

而你的付出，若你不说你在背后默默做的，别人可能根本就感知不到。不是大家没长眼睛、不够用心，而是大家都很忙，也不会去做那个自己内心上演小剧场的多虑的人。

你那份心，你得清清楚楚地让人知道。

努力，本就是我做了的，我不需要隐瞒的；而付出，本就不是责任义务，是因为在乎和爱啊。

别做那个吃力不讨好的人。

别丢人了，你的努力不值钱

今天突然对一个自己亲手提拔的员工有些失望。原因很简单，面对我的质疑，他一脸理所应当地说："我已经很努力地在做了，这个需要时间，但是我在这个职位，就应该给我加薪。"

而他面前摆着的，是他所管业务并不漂亮甚至可以说是难看的成绩单。

我看着他那张写满理直气壮的年轻的脸，顿时刹住了想说的话。

我不知道从什么时候起，努力居然成了可以拿出来冠冕堂皇地邀功的砝码。

我为什么非得看到你那自以为是的努力？

没有结果，有什么好拿出来炫耀，让别人肯定你的努力的？

你努力了，还做成这个样子，是你智商有问题还是情商有问题，不觉得丢人吗？还敲锣打鼓。

别再用你自以为是的努力和辛苦，去麻痹自己了。

因为离开了结果的努力根本没资格宣说，不值分文。

有的人觉得，花的时间多就是努力。

在我很小的时候，我就明白，让自己看上去很用功、很努力是件很蠢的事。

记得小时候，老听院子里的叔叔阿姨埋汰调皮捣蛋每天一早就开始往外跑的我，夸院子里其他乖巧的孩子。总担心爸妈会听信谗言不让我出去玩，我也开始装模作样地在自己的房间里面对着作业发呆很久，然后一天，出来跟爸妈说，我已经学习了一天了，晚上出去玩了哦。

我爸看一眼我的作业本："不行！"

"为什么不行啊，我都坐了一天了，那么用功！"我很委屈地抗议。

他一下子怒了，把本子摔在桌上："用功？你是傻还是笨？花一天时间做了这么点东西，你有什么资格出去玩？"

一句话把我说得哑口无言。

他继续说："我不需要你假模假样地用功，我也不需要你看上去很努力，我就看你最后做得怎么样！你有本事就花一个小时把作业都做完，剩下的一天全让你玩！"

之后我的少年时光，再也没有把本来该玩的时间，浪费在佯装努力上。每当我又出去玩到满身臭汗回家面对院子里大伯阿姨们的一脸担忧，我都会一脸自豪地说，我老早就做完作业了！

我爸爸这道让我大喜过望的圣旨，养成了我之后做事的习惯。从那以后，我再也没有耗过哪怕多一分钟的时间去完成我完全在更少的时间内可以做完的事。

很多人总是错误地把花了很多时间等同于努力和尽力，但是明明一个小时能做完的事，你用了五个小时，这并不值得炫耀，相反，应该进行检讨。

那多出来的四个小时，如果不是因为你笨，那就是因为你的低效无效。

在你还没进入社会前，比如在学习中，你浪费的只是自己的时间，你麻痹的只是你自己，真的说起来，也无可厚非。而一旦进入社会到了工作中，你浪费的就是大家的时间，你拖的是整个团队的后腿。

这个优势在我读大学后尤其到工作后，特别凸显。我经常能够比别人快速高效地掌握知识和完成任务，因为我知道节省下的其他时间是自己的。而老板并不会因为你多花了时间，就给你加薪，相反，常常是因为我的高效，我获得了比别人多的机会。

很感激爸爸让我很早就明白，努力不是靠时间来体现的。结果比努力更有力量。

有的人觉得，感觉很辛苦就是努力。

以前还在北京实习的时候，公司有个正式职员的学姐，和我一样住在离金融街巨遥远的回龙观，于是经常可以在上下班的时候遇到。

她每天对公司的一切都很不满，觉得自己每天这么辛苦这么累，为公司付出那么多却只拿那么点薪水。说句实话，每天在巨大的人潮中从13 号线倒 1 号线，在路上花掉差不多三个小时的时间，那确实是件挺磨人的事情。

但是我却没觉得她平时工作有多辛苦，更多的时候路过她的工位，看到的是她在聊 QQ，或者涂抹指甲，或者刷微博。有一次领导开会批评了她的工作业绩，她很愤愤地觉得自己如此努力，却没人看到。

我离开后问共事过的同事，他们告诉我，她早就在我离开后也离开了公司，是被劝退的。理由自然不言而喻。

生活本就都不容易，她感受到了这不容易，却把这种大家都会有的辛苦和累，等同于自己已经在很努力地生活和工作。

结果自然是毫无结果。

还有的人，更可怕，觉得"我告诉自己要努力就等于我努力了"。

比如现在认识的一些小朋友，家境并不好，有强烈的发大财的欲望，渴望出人头地，让父母过上好日子。

这听起来当然不是坏事，有时候甚至让我们觉得年轻人啊就是有激情。

可事实上呢，这帮人说起来永远踌躇满志，日常却是逛淘宝刷 B 站，找起工作来眼高手低。

小公司看不上，大公司进不去；基础工作嫌没劲，难的项目接不住。

经常在迷迷瞪瞪混完一天后，躺床上刷着手机玩到深夜，突然就被上进心折磨，下着要努力的决心，被自己感动得睡着。

就这样沉沦在"我告诉自己要努力就等于我努力了"的生活里，日复一日，年复一年。

这以上种种都是很多人会觉得自己努力的原因。花了很多时间，自己感觉很累，被自己感动，于是就觉得应该得到肯定，获得赞许，甚至得到晋升嘉奖。如果没有，那便是无比委屈了。

可是，没有结果，花了很多时间，自己感觉很辛苦，每天被自己感动，又如何？

成年人的世界，早就不再是孩子时期可以拿着"我真乖、真听话、真用功"就可以炫耀，如果你那么乖、那么听话、那么用功，还是成绩很差，能够体谅，能够原谅，不去责备，已经是成人世界里的最大宽容了，又怎么能拿出来邀功呢？

离开了结果的努力，根本不值得宣说，分文不值。

更何况，这残酷的社会里，大多数人不是你的父母，他们看不到你的努力，也不需要看到。

明白比聪明更重要

前阵子，经过小南国的创始人介绍，曾向一位做品牌的德高望重的前辈请教。我们耳熟能详的"不是所有牛奶，都叫特仑苏"就是出自她之手。

她应该是我见过的为数不多的在广告圈做到那么高的位置却完全不沾一点俗尘的女人。

进来的时候，伴随着爽快的一声"我找令凯"，出现在我面前的是一身利落的黑色皮夹克黑色靴子的 50 岁上下的女子。没有这个行业标配的精致妆容和十厘米的高跟鞋，也没有让我觉得不自在的巧笑倩兮和顾盼生姿。

她笑声爽朗，眸子和脸上都是很难见到的自信和光彩，说话的时候会夹带几句上海方言，却丝毫不让人反感。

她没有过多的客套和绕弯子，很直接地问了我两个关于品牌、关于产品的问题，恰恰是我自己一直都没找到满意答案、一直困惑着的两个问题。我很坦诚地说不知道，但又觉得如果什么都不说，就显得自己也太没思想和水准了，便立刻补充了一些我自己的想法，最后很不好意思地说："抱歉，我太不专业了，所以才需要您的指点。"

她笑了："你因为不知道而觉得抱歉，其实你不知道很正常。这个世界上明白人少，聪明人多。可是明白比聪明重要得多。我就特别明白我做不了执行的事，我都交给 4A 公司去做，那又如何呢？我能做他们做不了的。我看你是聪明的，但还不够明白。"

我张嘴想说什么，最终还是不得不点点头。

这应该是对我这半年的困惑和挣扎最直截了当的答案了。

回想这过去的 20 多年，用她的话来说，我显然是没有活明白。而哪怕把跟她见面的时间只是倒退半年，我恐怕也是没法承认并且接受这一点的。

毕竟，一直以来，我在很多人的眼里，是活得潇洒、活得明白的，勇敢地追求自己的梦想、做自己想做的事情。

我也渐渐飘浮在了外人羡慕的眼光中。可以实现梦想，是多么令人神往呢。

可恰恰，梦想变得越来越大的这一年，是我活得最不自在，也最挣扎痛苦的。

我背负着许多人的生计，承担了许多人的期望，我也必须不断地逼着自己前进。可是很多事情，不仅不是我擅长做的，也不是我喜欢做的。我变得很无力并且无奈。我在这种不擅长和不喜欢里，以我过去 20 多年时间里最缓慢的速度成长着。

我一直试图搞明白，究竟为什么？

为什么别人可以轻而易举做到的事我做不到？为什么明明预期很好但结果却不好？为什么我明明很辛苦、很努力、很累却还是做不好？

我的自尊、我的骄傲、我过往的小小成就，都试图拽着我，让一步步积累起自信的我无法面对自己竟然不能完美。

我竟然做不了？你看那些背景和聪慧还不如我的人，明明做得了。

我不断地问自己为什么，很可能不是因为我的求知欲、我的好学，而是因为我接受不了自己的无能。

可你看呀，对面的她，如此坦然地告诉别人她做不了，却依旧掩盖不了她身上的自信光芒呀，我也丝毫没有觉得她不厉害，相反，她所说的一切，都让人心悦诚服。

是谁规定我必须什么都懂、什么都会、什么都能做好呢？这应该是我自己给自己戴上的枷锁吧？

说句实在话，在这个无比复杂而琐碎、涉及太多环节和细节、需要太多沉淀和积累的服务行业，我没有经验、没有人脉、没有资源，做得不如别人，做得不够好，不是很正常吗？

我为什么要死心眼地在自己不擅长并且短时间内不可能擅长的领域试图赶上别人？

当我承认和面对现实后，我松了一大口气。

也许这样的做法还不够励志，更让人热血澎湃的案例应该是，我通过不懈的努力，终于赶上并且超越别人，成为足够好的优秀管理者。

可是生活本身就不是励志教科书。

承认自己的无能，承认他人的牛×，明白自己的短板，也明白自己的优势。

我想前辈所说的明白，大抵就是这个意思吧。

这世上聪明人的确很多，要跟大家比聪明，大概是永远没有个头了。

大多数聪明人，都不甘心落后于其他聪明人，都希望凭借自己的聪明和努力，成为更好更牛×的人，得到更多的肯定。

而那些为数不多的明白人，他们再清楚不过了，与其证明自己可以，不如承认自己不可以。

　　做个明白人比做个聪明人难得多，算得上是一种修行。

　　而真正的自由其实并不是你可以做自己想做的事，你可以支配你的时间和金钱，或许是你可以自在地承认你的无能和不完美，可以不做你自己不能做、不想做的事。

别做拼命勤奋的人

我常常会收到很多的私信和留言问："你在文章里提到你不怎么用功，考试前准备一下就可以考高分，为什么啊？可不可以教教我们？"

我并不常回答这样的问题，以免有炫耀的成分和嫌疑。偶尔回复，也是斟酌半天语言后放弃，用简单的"考完都忘了，只会应试没啥用"来蒙混过关。

我也经常会在各种与人初次见面的场合里被介绍为"学霸"，尴尬地笑笑的同时也拿出同样的说辞来打个哈哈。

因为我自己最清楚自己绝对不是学霸，也不是聪明绝顶、过目不忘。若真要让我正儿八经地回答这个问题，想来想去，一句话概括：我会想尽办法让自己不那么辛苦。

什么叫作不让自己那么辛苦呢？

当然不是每天玩游戏或者躺着，而是我会让自己找到每个公式的原理，每种解题方法的逻辑，每首诗词的故事，每个理论的应用延展。

用爱因斯坦的话说：

"如果给我一个小时解答一道决定我生死的问题，我会花 55 分钟来弄清楚这道题到底是在问什么。一旦清楚了它到底在问什么，剩下的 5 分钟就足够回答这道问题了。"

用老师们最爱说的话翻译一下就是，"举一反三，融会贯通"。

虽然我从小就是个挺爱偷懒的孩子，但唯独找诀窍这件事，我一点不偷懒。

在我上学的时候，我们班上有一个女生，学习是出了名的勤奋和拼命，成绩也是出了名的差，她也因此成了全校的知名人物。

碰巧当时跟她是同桌，这个女生日日早起，夜夜晚睡，永远钉在课桌前读书做题，永远在"嗡嗡嗡"地背书。

我们喊她出去逛街，她说："没时间啊，要月考了，我要在家里背书。"

自古天道酬勤，但每次考试成绩出来时，这么拼命的她并没有获得应有的回报。

那么她在忙什么？这似乎很奇怪，她如此努力，每天只睡五个小时，题库做了一本又一本，为什么总是学不好呢，问题究竟是在什么地方？

有一次考完试，我看她在写东西，她把错的题，一字不差地抄到了本子上。我问她："为什么每道题都要抄呢？试卷上不是有吗？"

她非常认真地说："不行啊，试卷太多，一本错题集复习起来方便。"并且说这话的同时一脸的学习方法优良的表情，似乎站在了勤奋和道德的制高点。

"那这些题做错的原因你研究过了吗？"

她疲惫地说："我现在哪儿有时间研究这个，等我抄完再说吧！"

我和另一个成绩很好，但常常看起来非常轻松的同学探讨过这个问题，他说：

"错题我先分析为什么错，是概念不清、基础没掌握、思路错误还是马虎。概念不清的重新研究概念，思路错误的回忆当时的思路，分析正确答案的思路是什么，以后同类的题是否都是一样的思路。只有特别有价值的才会抄下来。"

看到了吧，这就是拼命学习和深度思考的区别。

同样，尽管彼时的我还不知道所谓的"深度思考"的理论，但我也知道在没找到方法的前提下，一味拼命学习、拼命努力只是浪费时间在无意义的事情上。

我会想尽办法让自己在后面省力气，省力气的方法就是我把时间花在前头。

每一个理科学的原理，老师讲完课后，我都不会一头扎入作业中先去做题，而是会把课后的习题和公式原理本身反反复复地看。许多人都看不起课本后面的附加题目，觉得那个太基础简单，和例题差不多，只要运用下公式就能解答了，只有更多地做不同类型的题、更多地做难题，才能更好地掌握。

可事实上，这些习题非常有助于我们理解理论。而只有深刻地理解了为什么向心力的公式是这样的，为什么方程式配平必须这么配，为什么血液循环是这么个过程，才能应对所有类型的题目。

同样地，文科亦如此。

一篇长长的古文，我不会逐字逐句地去反复地朗诵和背诵，我会先多读几遍搞懂每一个词语的意思，体会作者当时写的心境以及想表达的感情，说完这一句自然而然就想到了他下一句想说什么，应该说什么。

一条政治理论，看上去晦涩难懂，却都是万变不离其宗。

所以，每次当别的同学作业做了大半甚至全部的时候，我往往还在咬着笔头因为一个原理没想通而苦思冥想。

但一旦我想通了之后，我往往再也不需要靠多做题、多背书来提高自己的成绩，我可以照常睡觉、照常吃饭、照常娱乐，更加轻松。

这就是我说的，我会想尽办法让自己不费力气，不那么辛苦。

这句话需要拆成两部分来解读，第一是想尽办法，第二才是不那么辛苦。只有先想尽办法搞懂原理，才有可能不那么辛苦。

如我上面提到的那位女同学一样的人其实非常多，无论读书还是工作。

参加工作后，依然会有很多加班到深夜，勤勤恳恳但却绩效一般的人。排除故意做给老师或者领导看的情况，这些人其实往往都没有领会什么才是真正的勤奋。

勤奋不是单指多花时间，而是若你多花了时间就要多做出成绩。一味地追求多花时间，多努力，只看过程而不看结果，就是用战术上的勤奋掩盖战略上的懒惰，就是不深度思考而只会拼命勤奋。

要知道，真正会学习的人，绝不会放弃体育课、音乐课，真正有能力的人也绝不总是加班。

我在另一篇文章里说过，智商和努力都比不上情商重要。

这应该会遭到很多宣传只要努力就一定能成功的鸡汤作者的反驳。

可我现在要说一个可能会更加打他们脸的观点。

努力不等于勤奋，远离不会思考，只知道一味勤奋还把这当成努力的人。

因为这样的人，会让你不断地怀疑自己是否错了，自己是否付出太少，自己是不是也应该投入更多的时间精力。

千万不要用战术上的勤奋掩盖战略上的懒惰。

千万不要不深度地思考而只会拼命勤奋。

拼命勤奋是将时间和精力投在事情的低效率环节中，深度思考是将时间和精力投入在事情最高效的环节中。

你会发现，若你多花点时间、精力让自己深度思考，而后的时间，都能节省下来做更有意义的事。你也绝对不会一天比一天没有成就感，浑浑噩噩了此一生。

有些福不值得炫耀，有些苦不值得抱怨

最近看了一部小说《孤独小说家》，书中的小说家闷头写了十年，除了处女作，其他作品从未得到过加印，只在第十年的时候，获得了日本文学大奖。参加颁奖礼的时候，有记者问他儿子："老爸在家是一个怎样的父亲呢？"

儿子回答："经常在家一个人自言自语地说，写不下去啊，书卖不出去啊，自己没有才华啊什么的。像个唠叨的主妇。"

所有的记者哄堂大笑。大家都觉得这位小说家真实得可爱。

可仔细想想，这样的唠叨和抱怨，若被认为可贵和真实，那也从来都只能在功成名就的时候。还未抵达那一步，说得多，在别人眼中看来，就成了卖惨。

在世界未给你任何好处时，你可以绝望，但真的不能唠叨。

回想经常会有人问我，你怎么永远都跟没什么烦恼忧虑似的这么开心呢？你这糟心事这么多咋也不见你崩溃呢？你是不是特别幸运一路都一帆风顺啊？

天做证，我真的有很多烦恼忧虑和糟心事，我真的比一般人运气要差，我真的压力大到经常失眠，而且我真的是"越努力越幸运"的绝佳反面论证，老天爷似乎特别喜欢看我拼了老命，最终一脸无奈又不得不苦中作乐的傻×样子。

可就算如此，我也真的从来不愿意去说自己经历的折磨和辛苦。不是虚荣地只分享自己繁华的一面，而是我觉得没有人非得给予你安慰和同情，没有人就有这个责任和义务听你倒苦水，也没有人会因你的悲惨和苦难而对你有什么褒奖。

你可以自己哭一场，可以骂骂咧咧地发泄一通，但这些愤懑和抱怨，这些绝望和唠叨，就像自己的呕吐物一样，你吐干净了就该舒服了，吐脏了地就好好收拾收拾埋起来，而不是在大马路上摆摊，喊着大家走过路过不要错过。

更何况，唠叨为何命运对你如此不公，也不会带来一丝一毫的好转。追问苍天为什么，也不会有人给你任何满意的答案。

创业之后，自然而然也认识了许多创业的和想创业的人。其中不乏激情满溢的，但也有总是看上去"压力好大""好累"的同人。

其中有一个姑娘我很早就认识，两年前辞职，自己代理了一个服装品牌，算是个小网红，因为一直孜孜不倦地在朋友圈推广自家衣服，所以其实刚开始买单的人也不算少。

她经常发衣服的照片，经常刷屏，但是衣服不难看，所以我也从未想过屏蔽。但是慢慢地，我发现不对劲了。我总是能看到她在衣服的后面发大段大段的图片文字，诉说自己开店有多艰难，辞职后没有稳定收入有多辛苦，做这件衣服要跟多少服装厂去周旋，他们是怎么压榨她一个姑娘，自己掏钱想做推广可因为没有名气不得不低三下四地四处求人，被一些知名品牌邀请参加活动还得自己掏钱付来回路费，可别家不仅不用掏路费，还可以拿到出场费等。一字一句，皆是血泪。

第一次看到的时候心有戚戚，毕竟我也是从开店走过来的，而且还是更痛苦的餐饮店，鼓励了她几句，还顺手买了一件衣服表达支持。但是看多了就心生厌烦，最后实在忍无可忍地屏蔽了她。

真的，我是个连代购都不屏蔽的人，却屏蔽了她。

我真的不想再看她卖惨。

但跟她相反，有一个比我年长几岁的姐姐，做的是内衣，品牌我就不提了以免有打广告嫌疑。她也一样会经常分享她家的衣服，同时配上非常美好的文字，赏心悦目。

双11的时候，她发了张她们的销量喜报，还有新搬进去的1500平方米、有着特别好看的联排落地窗的漂亮大展示厅，说："这是我们的第四个双11，百感交集。四年前蹲在暗无天日的厂房为了一件内衣的针脚不平跟工人争执ને哭，在十平方米的房间内日夜画图却无法生产备感痛苦，被第一个用户残忍退货时心情几乎崩溃，从第一个双11零销量到今天的千万元销量，想对每一个想要放弃的瞬间却没有放弃的我，说声感谢。"

这条消息下有无数创业圈的同人和投资人点赞。

我也默默点了个赞，想说什么，却发现说什么，都不及这短短几行字。

真实又朴实的文字里，包含着多少曾经受过的折磨和眼泪，令人动容。看得我内心温暖的同时，也对这个看似温婉无比的女人肃然起敬。

怎么可能不经历痛苦的时期呢？怎么可能没有难熬的时候呢？可是这样从不哭诉，反而分享美好生活、产品细节、点滴进步，才是应该有的想让人也收藏赞叹的样子啊。

靠卖惨和晒可怜吸引来的客户，他们只会认为自己是你的施舍者，压根不会认可你的价值，这难道就是我们辛苦打拼所希望得到的吗？

生意场里的"唯利是图"，心酸苦痛，都是再正常不过的事，我们选择了创业，享受了实现梦想的快感和赞叹的同时，本就该承担随之而来的压力和痛苦，以及那些我们接受不了的黑暗。

既然一脚踏入了江湖，就没有人会耐心地抱拳说声"请"后，才开始刀光剑影。若是被人打趴下，就哭叫求饶卖惨说自己根本没准备好，那压根就不要进来凑热闹。

谁都会有痛苦和难熬的时候，可是这些心酸，告诉别人，又未尝不是一种撒娇。最惨的是，哪怕撒了娇，别人也不买账。

我们做任何事情，经历的不顺利，都没有必要剖出来拿到别人面前展示。你展示的是你真实的痛楚，落到别人眼里，那样直白的鲜血淋漓，没人会觉得愉悦。

选择任何一种职业，投奔任何一座城市，谁都是带着满满期待和雄心壮志来的，在这个过程中，遇见挫折、困苦和不被理解，遭遇冷漠、背叛都是司空见惯的事情，而成年人需要做的，是为自己的每一个选择负责。

有些人选择了接受，然后默默努力，用自己的能力和天赋得到别人应该给予的尊重和回馈；而有些人则沉迷在一日日四处宣扬自己的辛苦、别人的凉薄和世道的不公上，自怨自艾，裹足不前，然后被人远远地抛在身后而不自知。

人生的确不像电影，有那么多苦尽甘来，那么多关键时刻峰回路转，大多数，你以为不能更倒霉的时候还真的会更倒霉。

况且，那些不顺遂的、让人抓狂的事，其实总归都会解决的，解决不了也一定会过去的。冷静下来想想，真的没什么大不了。

有人说过，除了生死，其他都是小事。屁大点事就埋怨老天不公、命途多舛，只能说是太把自己当回事了。要比惨，我们谁都排不上号，这世界上有多少难民、灾民、濒临死亡线的人……

有些福，不值得炫耀。因为你并不知道它们会不会伴你到老；而有些苦，不值得抱怨。因为你知道它们终有一天会变好。

大部分比我们辛苦的人，都活得汗流浃背，同时也热火朝天。我们有啥理由活得挺舒坦还总是哭天抢地。

当你觉得老天待你太薄，你忍不住想要哭诉的时候，就当老天是一个小男孩，喜欢没事就切蚯蚓。

没有什么理由，就是下了一场雨，屋檐下冒出无数的蚯蚓，而他手里正好有一把小刀而已。

而你，千万别因为这场雨，就哭诉。

比智商和努力更重要的，是情商

情商有多重要，我在创业一年后才终于认识到。

在那之前，我一直觉得情商这个东西，不要太低就好了。智商、努力、运气才是决定一个人能否成功的关键。

而我自己，显然不可能是太低的。毕竟，我给任何一个初次见面的人留下的都是蛮好的自信又容易相处的印象，怎么着都不可能属于低情商的吧。

直到有一天，我通过朋友介绍找到一位在处理政府外事上非常有能力的大姐长期合作，张姐在第一次和我碰面聊完的时候，欲言又止了几次后终于还是开了口："你知道吗？本来我不想跟你合作的，我们圈子里有人说你很难搞呢！"

我当时有种五雷轰顶的感觉，什么？一个第一次碰面的人，居然会从别人的口中听到说我的坏话？什么？居然有人对我的评价是负面的？

我很尴尬地笑着说："不会吧，怎么可能。"张姐看了我一眼没说话。

那是我第一次认识到，我似乎远非自己想象的那么八面玲珑。但我还比较浅显地以为只是因为自己年少轻狂，不知轻重说错了话。

直到后来跟张姐在两次合作熟悉后，又有一次提到了这个事情，我讪笑着说："姐你也知道我心直口快，不知道哪儿得罪人了，我的错。"她特别直接地说："什么心直口快？你以为心直口快值得骄傲呢？心直口快就是情商低，不会说话！不会做人！你要还是这种性格，真的会吃大亏！"

我被说得哑口无言。难堪过后，静下心来一想，个中理由竟然也不是那么不可思议、无法琢磨。

我很快想起了我跟自己洽谈的第一个商场的招商人员因为一些小细节讲道理、摆事实，争论了许久，最后闹得不是很愉快，导致他在之后的一年里都没有给我任何宣传的机会还经常找碴；我想起了我跟施工队的人在工地上因为对方无理拖延工期吵得差点撸起袖子干架，结果后面的时间里工人都没好好干活；我想起了我在员工犯比较严重的错误的时候劈头盖脸骂了员工一顿，其实什么问题也没解决……

这些立刻就能回想起来的场景和后果让我面红耳赤。

我突然觉得在这些人眼里，我应该是个蛮不讲理的悍妇吧，哪里是什么北大才女、创业红人？哪怕有再多光鲜的称号，在他们眼里也只是给北大、给创业者、给年轻人抹黑而已吧……

光想想都觉得自己当时可憎面目，真是该打几个大耳刮子。

那次之后，我用了几天的时间去思考，究竟是从什么时候起，我从讨人喜欢变成了不招人待见。又用了几个月的时间去观察一些行业内外口碑很好，无论是谁都交口称赞的人，终于明白，是自己的角色越来越多，而因为这些角色拥有了相应的一些权力，从而也越来越不知深浅，自以为是地滥用权利。

对过往的错误总结了几点，算是自己的几点自省吧。

切忌交浅言深

我是个一直以待人真诚而自豪的人，也经常被诟病跟个没脑子的人似的对谁都掏心掏肺却依旧觉得真诚必会换来真诚。但吃了很多亏后我才明白，真诚，不是对谁都适用的。职场上、商场上，甚至生活中，最忌讳的就是交浅言深。

我是对于不熟悉的人很少谈论自己事的那种性格，也知道工作上的任何交情都要打个折扣，别人现在尊重你，跟你保持联系也不过是因为你们有合作的可能，你还有价值。

但偏偏我又是个认定了熟悉了之后会掏心掏肺的人。有过一些人在合作一段时间后发现蛮聊得来的，价值观也好，兴趣爱好也好，合作的匹配度也好，都让人愉悦，大家甚至时不时一起出去吃个饭，约个酒，称兄道弟。这样的人应该可以算得上难得的朋友了，值得坦诚相待、开诚布公。

嗯，完美情况下当然是如此，可偏偏社会现实得可怕。

当你一切状况都好的时候，你仍然是他的好兄弟、好伙伴，大家有商有量，互相体谅，甚至他愿意看着你一路迅速成长，佩服而跟随；而若一旦你出点什么状况暂时处于低迷，你坦诚相告窘境，本来想寻求帮助或者探讨咨询，但他却会因此离开你，甚至争相倒戈，恨不能第一个冲到你面前拿刀逼你。

会心寒吗？当然会。但回头一想，也是你情商太低，错判什么是真正的情分，交浅言深。

没有那么多人愿意陪你共渡难关，愿意挺你到底。这有什么不能接受的呢？有利可图，是最初连接你们的桥梁啊。

所以，记得把你的困难、痛苦、眼泪、真心话，留给那些真正关心你、陪伴你的人，而不是所有人。把你的真诚留给同样真诚的人，因为那些一直都披着虚伪的外衣度过了大半生的人，大抵是不会因为你的真诚而被感化的。

别把你的优势挂在嘴边

有一阵子，我觉得自己因为年纪小，又是女生，在创业的过程中常常受到冒犯和忽视。这让我很懊恼。

一些年长的前辈也许只是习惯性地把"你们年轻人啊""你还年轻，不懂……"之类的话挂在嘴边，而我却总是担心这样容易让人觉得我没有什么拿得出手的地方而丢掉好机会，便总是微笑着找机会突出自己的一些他们所没有的优势，比如有着十几万的粉丝，比如认识很多媒体大咖，比如有着不俗的旅行经验。虽然我自认为友好而礼貌，可后来才知道，正是这样的不知谦逊让我给别人留下了"这个女生太要强""这个女生太锋芒毕露"的印象。

有一次我在外地参加一个朋友组的饭局，他邀请的几位都是当地商界做得很成功的人物。最晚到的一位女士是和她的弟弟一起来的，不仅很诚恳地向我们道歉，而且在向大家做自我介绍的时候，很简单地说了一句，你们叫我 ×× 就好，席间也一直非常认真地对其他人包括她弟弟关于时政、经济和行业的见地给予反应和认同，并且给大家添茶，态度非常谦逊且恳切。

我揣测着虽然她穿着、气质都一流，但大概就是陪同她弟弟来一块学习学习的普通富家女子吧。直到最后大家都发表完意见，不约而同地征询她的意见时，听到她的不凡谈吐和大家的评价我才明白，原来她才是当地最大的女富豪，而且做的是普通男人都不敢做的消防车、国防和医疗几大最难做的生意。

我对那个饭局的印象特别深。

不是你面带微笑、言辞礼貌，就是谦逊。

真正的谦逊，是你将虚荣心和好胜心抛诸脑后进行深思后的产物。是你足够强大，对自己有足够的信心即使无须言表一样能得到认同；是你知道自己的优势却不自夸；是你即使身居高位依然愿意去找自己与他人的差距并求同存异，取其精华；是你明白做永远比说更有说服力。

而那个微不足道的你啊，把那不值一提的优势挂在嘴边，在那些真正有能力的人看来，不过是底气不足和虚荣心作祟罢了。

原谅比责怪更令人尊重

有一次我在下班高峰期挤地铁，身边站着的女生手抓着我边上的栏杆，把一个帆布袋子挂在手臂上，车子进出站晃动的时候，袋子好几次都差点打到我的头。换了平时，我不会责骂，但大多也会皱皱眉，说一句："您包打到我了，能拿开吗？"但那天我可能是心情特别明媚吧，居然笑着说："你好，需要我帮你拿袋子吗？可以放在我包上。"然后对方很不好意思地把袋子放在了另一只手上。

那种原谅比责怪更有千钧之力的体会，让我开始反思之前自己对犯错误的员工经常会发生的责怪。

因为我性子急，出了问题很多时候我会在第一时间先着急地责怪几句，怎么连这种低级错误也会犯，然后忙不迭地帮助他们分析原因，找解决方案，甚至承担最后的损失和解决的重任，自以为殚精竭虑，当了领导又当保姆足够感人。可似乎犯错误的人并没有真正地感恩，也没有在下一次吸取教训而有十足的长进。

究其原因，很简单，一来我言语上责怪了他们，已经减弱了他们的负疚感；二来我帮他们处理解决了烂摊子，他们也没有独立思考、独立弥补过失、承担后果的提升过程。

后来我尝试着再出现烂摊子甚至真的是团队伙伴犯了让人光火的错误时，先深吸两口气，然后心平气和地跟对方说明，这件事情因为他的失职或者失误导致的后果和应该承担的责任，并且给出明确的时间要求他去弥补和改正。

几次下来，我惊讶地发现，因为有据可依，大家不仅对于所受到的处罚心服口服，也在最终结果出来后更有认同感，更有归属感。

所以，有时候原谅比责怪更令人尊重。这不是单纯的让步，而是一种对局面有掌控、对他人有宽容的镇定和平和，这更令人信服。

收住你的脾气，对任何人

我一直都是个性子很急的人，但在创业之前，我的急性子和暴脾气一般只会在一类人前暴露无遗，就是最亲近的家人和朋友。而对于其他人，我往往给予最大的耐心。

但是创业之后，因为身份转化成了老板，往往开始对另一类人，即合作伙伴，也开始偶尔收不住脾气。不知道从何时起，我有了一种极其糟糕的逻辑，我觉得他们不为我考虑就是不对的，他们没做好就是不应该的，他们找借口和拖延那简直就是罪大恶极，他们要是再把责任推给我那简直分分钟得就地正法。

于是我大为光火，我的理由听上去多么冠冕堂皇：我在捍卫我公司的利益！我在保护我的人！

现在想想，估计在场的人，应该为有我这样的老板而感到羞耻吧？

事实上，没有谁必须为你服务，你也没有这个权利要求别人全心全意地为你考虑。

这个世界上，所有的合作都是基于互利共赢的前提，只满足你的利益的交易想都不要想；这个世界上，也没有绝对的甲乙双方，没有永远的谁强谁弱，不尊重任何一个人的后果就是你也不会被好好地对待。

在上一本书中我写道，寸步不让的我们，总是希望这个世界给我们多一些温柔，却往往忘了给别人温柔。

这句话我在毕业后还常常提醒自己，可却在创业走得越来越远的时候，忘在了脑后。

很多冲突和矛盾，其实都是可以通过互相理解而更好地解决的。发脾气或者威胁，也许逞了一时口舌之快，到头来只会让问题更加陷入僵局。

毕竟，不是你心情不好，全世界都得陪着你哭，周围的人都得忍受你的一切，所有事情都得朝着你的意志去走。

不是你身怀锋芒，手藏匕首，就有资格在生气的时候，刺向你最熟悉的人，杀向所有的陌生人。

时刻提醒自己，没有什么是理所当然的，所有关系都要用心经营、维护，合作关系要维护，友情、爱情、亲情也要经营。

我很后悔我在过了 25 岁之后，才明白情商比智商、比努力更重要的道理。我曾经试过问我自己，如果这些本来很好避免的坑，我可以少踩一些，是不是我也不需要这么用力地过了这么多年，付出比别人多几倍的努力，才取得现在的一点小成绩。

那些成功的人，他们自然也聪明、也努力，但他们可能智商并不卓绝，努力程度也不是不可比拟，情商却往往令人佩服。

他们往往心平气和、不怒自威。他们对局面有掌控，对未来留余地，对他人有宽容，对自己有约束。

主动谈钱的人，才是聪明人

这次公司十几号人去普吉岛玩，不想走无聊的旅游团，可要是完全自由行我又得累死，所以就找了家里开旅行社的朋友老妖给订机票做定制行程安排，起码朋友人品靠谱。

这是第一次跟他谈合作，我原本以为他这么咋咋呼呼的山东糙汉子，一直以来又是很讲义气、大大咧咧的作风，肯定不太好意思主动跟我谈钱，哪怕只是为了不拂自己的面子。

可事实上，每一项单独定的行程（机票、住宿、包车、玩的项目……），老妖都是先把项目价钱列上，我们财务转账给他，他才下订单。

并且，他很明确地告诉我，他在其中赚了多少百分比的钱，他不能做赔本生意。

坦白讲，除了对他做事态度谨慎感到意外，一开始我也有点小小的不悦：认识这么多年，你是不相信我还是咋的？还有，朋友一场，我没打算让你不赚钱，但你非得把赚多少钱都说清楚吗？

但过了那阵子，仔细想想，我立刻开心了起来，并且有点不好意思。

在钱这件事上，他做得相当出彩。

一个能开诚布公地谈钱，主动谈钱，并且处理好钱的问题，让朋友间彼此不会留有猜忌的人，是很会做事也会做人的聪明人。

此处，聪明为正儿八经的褒义词。

另外，有个员工也在这次旅行中让我刮目相看。当大家一起去超市采购的路上，他主动提出大家这次 AA 吧，别总让老板买单。回到别墅后又是他张罗着指挥每个人分工协作。结账时大家现金不够，有另一位同事先付了账，他又在大家做完饭吃完后，第一个提出每个人赶紧先把钱都转给这位同事。

我不得不说，他的这两句话，相信让在场的每一个人都不会感到不舒服。

可以想象，如果没有他把这两件当事人都不好意思说的事放台面上说清楚的话，势必会有人心里有疙瘩，气氛也会渐渐变得难堪。

打个比方，大家顾着玩忘了给那个同事转账，同事不好意思主动提，当然会心生不满，可能憋个一晚上、两晚上，最后实在憋不住提出来的时候，大家可能早忘了，还会心里默默想："他好小气哦，记了那么多天。"

你看你看，本来应该是充满感激和付出的彼此融洽的事，完全反过来了，成了充斥埋怨和火药味的事了。

而听到对方"不顾情谊"直接谈钱时的不悦，我想这不是我一个人会有的反应。

很多人还停留在，不提钱、不计较钱，表现出无所谓才是大方、大气，才能获得好口碑、好评价，而把钱挂在嘴上或者亲兄弟明算账则是不懂人情世故，也会被认为是小气之人而被疏远，这般极为浅层和错误的理解上。

可事实上，我们都是需要钱的凡夫俗子，我们也没多少人真的不在乎钱、不心疼钱，所谓的大方、大气也许最后就会成为悔恨、埋怨。

我从小是个对钱没概念的人，虽然家境一般，但也许受父亲的影响，向来就是对朋友、亲人极其大方，一群人出去永远抢着买单、永远不稀罕算账那种人。

直到创业后跟很多人、很多企业打交道，统统都跟钱离不了干系，才意识到自己那不好意思谈钱的"大气、大方"是个多糟糕的习惯。

很多时候刚见面谈合作，或者朋友介绍过来的业务，不好意思开口谈钱，说没事没事到时候都好说，而偏偏是这种前面称兄道弟，说钱不是问题什么都好说，让我觉得如沐春风的，最后往往收场很难堪。

吃了很多次亏，还反倒落了很多差评后，我终于知道那些我很鄙视、瞧不上的最初就把账放在桌面上跟你算明白的，那些不退让一步但也绝不占你什么便宜，一码归一码的人，有多了不起。

我想这些人，应该是"钱商"高。

而我现在也确信一点，大多数人说"这不是钱的问题，而是原则问题"时，这十有八九就是钱的问题。

中国人常常会在人际关系中感到失望，尤其容易在朋友、家人等相对较为亲密的人际关系中感到失望。其中很大一部分原因是同钱有关。谈到钱就容易顾及面子，容易支支吾吾，容易暴跳如雷、关系破裂。

关于在人际关系中的失望，这是一个很大的议题，我觉得写的话可以写一本书。但如果非要概括地来说，我想这是因为我们一直错判"社交的本质"和"自我与他人的界限"。

社交的本质是风墟先生提出的。

在他看来："社交在本质上分为两种。一种是共情社交，一种是功利社交。"

共情社交，就是指为获得情感联结与情感体验，或因共同兴趣而产生的社交行为。这种社交只是为获得情感与心理上的慰藉与共鸣。

功利社交，就是指为达成某一目的，或是从对方身上获得某种利益而产生的社交行为。这种社交是带功利性质的，是为了获得信息、知识与物质等的相互传递。

这两种社交有本质区别，但我们总喜欢混为一谈——认为"共情社交"的朋友为我做"功利社交"的事情，是理所应当的。

这种理所应当的白以为是，常常导致我们无法理解地在同事关系、朋友关系、亲密关系里面感到不悦、失望和愤怒。

比如我上面说的那种小不悦："我们不是好朋友吗？为什么你信不过我不先帮我垫款？"

比如一些人问你借钱："我们不是很要好吗？你也比我有钱，你为什么不借给我？"

再比如，更常见的很多例子：

"你不是学英语的吗？帮我翻译一篇论文呗。"

"你不是学设计的吗？帮我随手做个 logo 呗。"

…………

可能放到正常合作、工作中，我们尚且能理智清醒地意识到这是一种需要付费的诉求；但一旦放到认识的人的关系中，我们就忘记了基本的社交本质。

若遭委婉拒绝或坚持原则，就骂对方"不够朋友""不讲义气"。

可事实上，无论是谁，别提只是同事、普通朋友了，就算是从小玩到大的"共情朋友"，一旦你提出"功利诉求"，就该以"功利社交"的心态去面对接下来对事不对人的相处。

"共情朋友"从来没有义务对你做出"功利性帮助"。

这么说可能有些生硬，有人问我，朋友不就是在危难中伸出双手的人吗？如果每个共情朋友都对我袖手旁观、高高挂起，我们还要朋友做什么？是不是就可以绝交了？

这么说吧，对方做你的朋友，是让彼此更愉悦，而并非来"拯救"你。别人对你付出、为你做事，是基于对你的"超过边界"的爱。

但你自己要拎得清边界。别人不帮你的时候，你可以选择绝交，但别怨恨责怪对方。

对方帮你是情分，要感恩；不帮你那是本分，别记恨。

这种对于社交的本质不清楚，导致的直接结果就是，搞不清自我和他人的界限。

我个人觉得，成熟的标志，就是懂得边界，守住自己的边界，尊重他人的边界。而守住往往比尊重更难。

边界感体现在方方面面。其中有很重要的一方面就是如何谈钱，如何处理钱。

在钱上守住边界知晓分寸，主要体现在以下几个方面：

1. 开诚布公地谈钱，谈妥、算清楚跟"功利诉求"挂钩的钱。不要碍于面子不好意思谈，不要觉得谈钱就是俗，你有权利要求因为自己的劳动付出获得尊重和酬劳，你也有义务为自己的利益去争取价格的空间。老天的归老天，恺撒的归恺撒。谈清楚利益，不给未来留任何撕×和纠缠的可能，才能继续维持感情。

2. 越是朋友，就越要主动谈钱。不然很有可能，买卖不成，仁义也不在，丢了朋友。

3. 当别人帮你付了费，若是要还的费用请一定要有罪恶感；若是不需要还的馈赠，那一定要有感恩之心。

所谓的罪恶感是，需要意识到欠钱是件让人很不舒服的事，你必须觉得那是个包袱，并且越快越好地还钱，卸下这个包袱。

感恩之心很简单了，无论对方是不是比你有钱，是不是喜欢你在追求你，是不是你最亲密的朋友和爱人，他都没义务帮你付钱和买单。获得馈赠请一定要记得感恩。

4. 天下没有免费的午餐。付费才是良性的运转之道，别人可能会为了得到你这个客户而短期赔本，但任何事情，若要长久，都必须双赢，亏本维持的事情一定不会长久。

5. 不轻易借钱给别人。若借了那就忘了这笔钱，别惦记着。

6. 能用钱解决的问题，万万不要用人情、用面子。

说到底，钱商高的人，都很明白一点：

所谓的钱不是问题都是假的，钱，才是解决大多数问题的钥匙；钱，才是众多矛盾冲突的来源。

在任何非最亲密的人际关系里，你把钱说明白了，算清楚了，才能把事情做明白做漂亮，才能把人心放在最不脆弱的搁板上，才能有长久舒适的相处关系。

别老想着谈钱伤感情。不谈钱，才是感情、利益两败俱伤。

主动谈钱的人，才是聪明人。

有时候，请做一个"悲观"的人

一个创业做首饰的朋友某天突然给我发信息说他公司解散了，心情郁闷需要找我喝个小酒。

我看到的时候除了惊讶还是惊讶，因为半年前他刚融资成功，两个月前他还在为了新的业务线招聘人员扩大团队，并且租了新的 800 平方米的位于市中心的体验场所用于展示。起码在我们这些不明真相的朋友圈的围观群众看来，土豪一定是资金充裕、踌躇满志的感觉。谁承想，仅仅几个月，项目就告吹了呢。

小酒喝酣后，他长叹一声："我就是太乐观了，每一次做决定都朝着最好的结果去考虑，每次总觉得置之死地也能后生。你可千万别和我一样啊……"

我笑了笑，点点头。

相顾无言，闷头干了杯中酒。

作为被贴了"生来乐观"射手座标签的我，在外人看来，永远是快速决断，一副天塌下来也没事的怡然样子，可只有我自己知道，我在做每一件事的时候都是悲观的。

当然，这个悲观，不是看待世界、看待人和事本质的悲观，而是处理事情，对事情结果预期的悲观。

我仔细回想了下，应该是从我初中的时候起养成的这个习惯吧。

我的早年学业生涯，并不如我之后的那般值得拿出来说。相反，从一年级到六年级，我一直都是班级拖后腿的那一股强劲势力。

虽然我也不懂，明明我也是每天放了学回家写作业写到七八点才睡觉，学习成绩为何始终跟墙角的蜘蛛网似的，死气沉沉、寂籁无声。

好在，我爸在几次试图把我这坨烂泥扶上墙，栽培成和曾经的他一般的少年天才的途中，黯然放弃了过高的期望，我也就优哉游哉地过完了我的少年时光。最后，莫名其妙地在他突然死灰复燃的念想里，走后门进了根本没考上的私立中学。

而坏就坏在，在这个学号按入学成绩排名而全班50多个人排45号的我，原本就只想依旧优哉游哉，却在第一次期中考试，可怕地得了全班第8。

"学霸"生涯就此开始了。

我爸妈那原本枯井般的心，瞬间如同被一场大雨浇灌活了。

他们原本已经安慰自己、安慰他人"孩子活得开心就好"，一下子打鸡血一般成了"这一次进了前十，下一次就要进前三""这一次进了前三，下一次争当第一""这一次考了班级第一，下一次要全年级第一"……

而我，在一次次越来越高的期望下，开始殚精竭虑。

因为不想让爸妈失望，我开始用心去钻研，但因为并无把握，我在每一次考完试后，都是把自己的分数往最多了扣，成绩往最坏了去描述。

而结果出来，起码比自己预想的要好，甚至很多次真的实现了爸妈看似不切实际的期望。

那个时候的我开始懂得一个道理，期望越低，惊喜越大。

也开始养成一个习惯，尽最大努力的同时，做好最坏的打算。结果一定不能更差，你也一定不会比现在更郁闷。

这种看似悲观的态度，却让我后来的学生生涯，在越来越大的期待值之下，并没有特别地压力重重。

如果说这种"悲观"的习惯在学生生活里，还仅仅是获得心理上的安慰的话，那么这一点在我开始接触工作乃至创业之后，几乎是建设性的帮助。

学习成绩的好坏，说穿了，最终只会给自己带来影响。成绩好了家里张灯结彩，坏了如履薄冰，连饭菜都会差一些，所以也不至于有什么过大的影响和过重的心理负担。

而一旦涉及工作环境，结果的好坏，直接影响到团队绩效，影响到公司利益，影响到自己的去留和负罪感。

这个时候，做每一项任务、下每一个决定都考虑到最坏结果的工作习惯，就显得非常非常地有必要了，直接影响到最后的决策。

如果连最差的结果都可以接受，那么毫无疑问，去做。

如果不能接受这样的结果，那么退而求其次，我们还能采用什么样的方法可以获得更稳妥、更安全的结果？

而考虑到最坏结果的最大好处是，当你清楚地意识到前路充满危险时，你绝对不会空着双手上路，也拎得清自己几斤几两。

无论你面前有几条路，你选不选最危险的那条走，在你出发时，你都会更加谨慎，备足干粮和弹药，带齐靠谱的队友和坐骑。你可以让途中能少流的血，坚决不会多流一滴。你也知道自己走到丛林的哪一步该停下，即使没有回头路，你原地回血，尚能再战。

和我一起共事过的人，也曾一脸不屑："你是不是太悲观了？我们也不至于做得那么烂吧？"可当我反问"你有百分之百的把握不会是这样的结果吗？"，他们往往沉默。

　　是的，我们都不是圣人，这个瞬息万变的世界里，决定金字塔是否能最终建成的客观因素太多了，没有谁能保证。

　　我们固然都是奔着拔得头筹的目标去攻城略地的，我们也必然都是拼尽力气血战沙场的，但是上战场的人，谁都没办法告诉亲人"我一定能活着回来"。

　　既然如此，我们起码该做好充足的准备，让自己尽量活着，活得更久一些。

　　若我眼前这个喝着闷酒沉浸在创业失败痛苦里的同人，可以在盲目扩张团队和扩建场地前，想一想这项新业务功亏一篑的后果，我想最起码，他会减小规模，用最高的性价比，去实现同样的效果。

　　因为对于创业者来讲，衡量最坏的结果后，都会明白，增长固然重要，而活着，才是最要紧的事。

　　对待我们无法决定的事情，做个"悲观"的人，有何不好呢？

　　考虑最悲观的结果，试着体验那种情况下的惶恐和失落。

　　再用最积极乐观的行动去尽最大的努力。

　　结果一定不会更差，你也一定不会比此刻更难以承受。

20 years old
Life style

20 岁的生活方式
决定 30 岁的打开方式

Decided to be
30 years old
Open mode

Chapter

Three

一个人，
活不成一支队伍

一个人，活不成一支队伍

有一阵子，网上有句蛮流行的话是：一个人也要活成一支队伍。

顿时很多人断章取义，在朋友圈立 flag（旗）纷纷宣誓自己的独立主义。

我好奇地留意观察了下，失恋的说，一个人也活得精彩；同事关系处不好的说，一个人也是一支队伍；自己去东南亚旅行的说，一个人也能看世界。

一时间，"一个人"似乎成为独立、成功、自信的代名词。

如果我没记错的话，这句话是出自我喜欢的一位作者。

但恐怕传播开来的人，只是看了字面意思，全然没有理解原作者深刻的本意。

我也看过那篇文章，作者原本想表达的意思应该是，如果你处于不那么顺遂的境地，面临着怀疑自我、否定自我的状况，也不要气馁，要自己学会拯救自己，自己学会挖掘自己，自己给自己活下去的勇气。

要像十年动乱时期中的顾准、狱中的杨小凯、在文学圈之外写作的王小波一般，虽然怀才不遇，逆水行舟，但一个人就像一支队伍，对着自己的头脑和心灵招兵买马，不气馁、有召唤、爱自由。

偏偏这般用心良苦和发人深省的文字，却被解读成了一个人也能做到一切，或者一个人必须对自己狠一点。

怎么说呢，如果这是个人的价值观，运用在生活的态度上，鼓励我们可以更独立自强，也是没有什么问题的。

但是，既然凡事都有两面性，我还是愿意说说它的反面。

一个人，也能做到一切，哦不，也能成为一支队伍。听上去多么振奋人心。

换作以前的我，更是会毫不犹豫地认同并且加以论证吧。

无论如何，我应该算得上是很习惯也擅长一个人的人了。相比teamwork（团队协作），我太喜欢单打独斗了。

一个人作战多好，所有的决策可以自己来做，不会拖泥带水，不用征询大家的意见，讨论半天得不出个结论，也不会在结果不良时互相推卸责任，更重要的是可以自己享受任务完成的全部成就感。

在我第一次因为小组成员的懒惰而不得已自己独立完成老师布置的小组作业后，这些体会到的好处让我畅快不已，也从此喜欢上了自己单打独斗。

我的自信心，也在一次次打怪升级的成就感中不断增强。这让我一度以为，这个世界上，只要够拼，没什么事是我自己做不成的。既然我自己也能做好，为什么要跟别人一起做呢？

这样的行事风格，一直从读书期间延续到实习、延续到我第一次创业，几年的未出差错，让我沾沾自喜，更加坚信自己是这块料。而别人必须依靠团队，不过是因为别人不擅长、不适合个人作战罢了。

亲手创立了 Meal Salad（米有沙拉）并且开店开得风生水起的那一阵

子，是我几乎要迷信自己的时候。

而当 Meal Salad 开到三家店以上时，我开始崩溃了。

我每天殚精竭虑却依旧有一大堆问题亟待解决，我像个在拳击擂台上找不到北的菜鸟，不断被打击，不断地惊惶，不断地救火，不断地陷入情绪的低谷，不断地质疑自己，想逃离，却又被对手不断地拽回擂台。

我想了一万种理由，无数次在头天晚上崩溃完，第二天鼓足勇气继续面对，却始终不愿意承认这只是因为我一个人能力不足。

无数合作方甚至我的助理都曾很无奈地看着我说："为什么这些事都是你在做？你一个人怎么可能做得了所有事情？你必须有个强大的团队。"

我知道他们说的是有道理的，可我却只是苦笑一声，说句"没办法呀"，继续自己一个人苦思冥想。

我知道我可能走进胡同了，可还没有意识到，我走进了多窄的胡同。感受不到前面的无路可走，反而是那两边狭窄的墙，给我最后的一点安全感。

直到有一天，我的投资人在电话里冲我一连串地质问："你这是什么情况？你刚开店时我能理解，可这一年了还没有团队？你以为你是谁？一个人可以改变世界？！你的格局也未免太小了！"

那几个字眼，从耳朵里一路钻到心头。

我在难堪的同时，不得不承认他说得对。我没有找团队去协作，一个人一路扛下来，并不能说明我的能力强，恰恰相反，说明的是我没有远见和格局。

如果把这些专业的事情都交给更专业、更有能力的人来做，或许我早已经发展得更加强大。

去做每一件小事，做好每一件小事，把自己宝贵的精力花费在不够重要的地方，很辛苦，感动的却只是自己罢了。

在那一刻，我也彻底明白，过去的一切成绩，并不是因为我强大，成了一支所向披靡的队伍，而只是面对的敌人都太微不足道，我还没有遇到必须要一支队伍才能打的仗罢了。

而想一想，这一点也不丢人，一个人哪怕再完美，也做不到一支队伍能做的事情。

这一生，我们一定会遇到几场难打的仗，是一个人披挂上阵无法取胜的，需要几员肯跟着你冲锋陷阵的大将。

不然，说难听点，你那自以为是的策马奔腾、英雄孤胆，在城墙上的对手看来，是多么可笑又可悲的样子。

就算我们再优秀、再独立，都要记住，一个人，永远成不了一支队伍。

人生如戏，你的一生中，若要精彩，总得靠自己去碰几个会演戏的好演员。独角戏永远唱不出全部的悲欢喜乐。

而本来就没打算成为那样强大的人啊，也完全不用被这些不是普世的价值观所影响。

人各有志。真的不必逼自己去活成一支队伍，去逼着自己对自己狠，去做不像自己的那种人。强大固然是好，但脆弱和柔软也没有什么过错。

一个人不用活得像任何口号，一个人最重要的活法是活得像一个人就行了，有尊严、有底线、有梦想，也有软弱和颓唐。

活得真实无愧比活得强大更重要。

心软不是善良

坦白来说，前一阵子的我很低迷消沉。

对我这种自带回血功能的人来说，不顺利的事哪怕再多，也远远够不上"低迷"二字。以往会让我觉得消沉的，统统都是和人有关。这次也不例外，并且更甚。其中最令我受挫的是，我被判定为并不是个合格的领导。

一个学管理学出身，并且管过两百人团队都得心应手，从未怀疑过管理是自己擅长之事的人，突然发现被多名中层员工误解并且埋怨至深，表示失望要走，甚至丢下一句"那你想想为什么大家都走了"的时候，那种颓丧感可想而知。

我有个算好也算坏的习惯，万事把责任先往自己身上揽，于是一发不可收拾地沮丧。几个高层看不下去了，劈头盖脸地把我说了一顿，一齐七嘴八舌地说："那几个人的品性难道你不知道？都是自己工作习惯极差，每次都做不好工作完不成任务不说，还一天到晚组小团体找理由、找借口吐槽公司传递负面消息，早就应该开除了！他们说的那些问题根本不是关键！根本不是你的错，是他们自己不懂职场最基本的道理的问题。"

我抬头看着他们，眉头并没有松开。我知道他们说的都是事实，这几个人确实这样，也确实受我此次选择的行业从业人员的普遍素质所限，也因为是本地人的缘故本就没有什么斗志，并不太适合创业公司。这些客观理由都可以说服我。

但我仍然想不通的是，为什么我对他们那么好，对每个人都掏心掏肺，原谅他们犯的错误，耐心教他们应该怎么做，一次一次地给他们机会，他们却毫无感恩，反而恶言相向？

一个我的合伙人似乎看出来我的纠结之处，等所有人走了以后她留下来，看了我一眼，犹豫了几次还是开口："他们现在之所以提出要走，其实是因为你终于开始不讲情面了。他们受不了落差，觉得你坏，更重要的是，觉得你不讲道理，突然为什么这么严格要求，为什么以前没要求呢？你要知道，人都是会被宠坏的。你不给他糖吃其实没什么，但若是你第一次给了他糖，第二次没给，他就会觉得你过分了。实际上，你从最开始就应该做个坏人，那他们自然就会接受这是公司制度，知道什么是底线不能触碰，什么是规矩必须遵循，知道工作没绩效犯错误是要受到处罚的。太讲人情和心软才是你最大的问题，而不是他们所说的你很差劲你不是个好人。"

她的一番话，像是在暴风雨之前压抑沉闷的天气里突然来了道惊雷，让人一怔的同时，终于喘了口气。

就像她说的，这才是我最大的问题。虽然并没有什么值得宽慰和骄傲的，可是我总算找到了原因。

虽然也算是人的劣根性之一，但我们每个人不都是这样容易被宠坏吗，把对方超出义务范围的善意当成理所当然。一旦对方恢复正常，就开始撒泼地无理取闹，"你为什么变了?！"

突然想起对于之前的男朋友，在他第一次蹲下为我系鞋带、为我学做饭时觉得意外和感动，但当他之后常常这么做时，却再也没有说过"谢谢"，表示过感动。反而是后来他有几次没有这么做，我就冲他叫嚷"你现在对我不好了"。

若是他只是偶尔做一次，或许我反而会牢牢记住对方的爱和好吧。

而说回工作上，也是一样的道理。如果我们给了对方一次宽恕，对方会觉得此事并不是不可饶恕的，会有第二次犯错、第三次犯错，直到成为家常便饭，而最终忍无可忍决定不宽恕的我们，就成了没有人情味的坏人。

反倒是那些第一次就让人觉得不近人情、原则性太强的"坏人"，渐渐成了最没有争议的"好人"。

我脑海里第一时间蹦出了我曾经的上司——Y。他是我第一次去投行实习时的领导。

那是我第一次接触金融类的工作，在此之前做的都是市场类的工作，所以很不适应。第一天入职的时候，便收到厚厚一沓关于公司制度和规范的文件，我嗤之以鼻，一点都不人文，一个外企搞得跟央企一样。还没等我多吐槽，第一次会议就更让习惯了自由的我受到打击，我的部门经理，Y，面无表情地对我们这帮刚入职的新人颁布了几条"铁律"，比如每天必须穿正装和皮鞋，布置的任务绝对不允许超时完成，客户的会议绝对不能迟到，金融模型的搭建绝对不可以出问题，每周的工作总结和下周计划必须于周五提交，如果计划没有完成需要详细的报告说明……

末了，他意有所指地说了一句话："我看过你们的简历，有的可能习惯了一些企业的自在氛围，但到了我们公司我们部门就麻烦你们丢掉自己曾经的习惯。如果接受不了我们的制度和规定，三天内，随时可以提出离开。三天之后，如果没走的，日后我不想听到一句怨言和解释。不然我会立刻让你们走人，也别想在我这儿得到什么推荐信。"

走出会议室的时候，我的心情是愤怒和略带绝望的。愤怒的是，这个人太不讲情面了，我们不过是实习生罢了，就算是想毕业了留在这个知名企业，也不该如此严苛吧，居然还威胁我们。绝望的是，我还真的需要这么一家大企业的背书甚至他威胁中提到的推荐信，而我显然是他口中那个习惯了自在氛围的人。看来要留下来真的没好日子过。

过了三天，我最终还是没舍得走。

但是从那天起，不太有时间观念的我，一改拖延症，所有任务都绝不会超时一秒，所有会议都是提前到场候着；从来都穿休闲装的我，买了三五套正装，每天穿着硌脚的皮鞋挤地铁；从来都是随便改改模型的我，瞪大了眼睛检查每一个数字、每一个函数。

因为我知道，但凡有一条曾被Y强调过的原则和底线我触碰了，我就得接受惩罚，甚至直接被清理出局。我得遵循游戏规则。

而若我做得比这个原则和底线高出不少，表现优异的时候，Y平日看不出什么表情的脸上，虽然依旧冷若冰霜，但总会在集体会议上点名表扬我。每一次被这么一块顽固的"石头"肯定时，虽然脸上不露声色，但其实心底里不知道有多高兴，回家的路上恨不能跟过路的每个人都说声晚上好啊。

我们十几个同期进来的实习生，过了两个月只剩下了五个，有的忍受不了Y的高标准自己走了，有的达不到Y的要求被Y"请"走了，但我们剩下的这几个都有一种同样的感觉就是：Y，渐渐一点都不惹人厌了，反而变得令人尊敬，也令人感激。

令人尊敬的是，他自始至终坚持他的原则，也遵守他的诺言，不会因为我们年纪小，初入职场就给我们和别人不同的特殊待遇，也不会在我们达到要求后反悔否定我们的成果。他一碗水端平，他的原则和底线让他毫无瑕疵，严丝合缝，一只苍蝇也钻不进去，我们完全有理由相信，一个富家子弟和一个平民子弟在他那儿都必须经历同样的考验。

我们甚至期待每一次他的表扬，因为被这样高标准的人赞许才真的说明自己做得好啊。

令人感激的是，在他的高要求高标准下，我们每个人都或多或少地改掉了很多不好的学习习惯、工作习惯，更快地适应了这个残酷又现实的职场。我们也变得比同龄人更加自主、自律，凡事多做一点，多替上司和公司考虑，这在我后来的求职生涯中无疑起到了巨大的作用。

除了我们以外，那接近十个离开的，包括自己离开的和被Y"请"走的，也没有任何一个人说Y一个"不"字。

当时我们觉得他们都好有素质，居然这么善良，不批判、不吐槽Y。现在的我才明白，换了我，也不会说，有什么资格说呢？人家不过是按规章制度办事，人家一早就告诉了你他的原则和底线以及工作要求，没有任何不对。你只是无法接受和做不到，不是对方的错。

我想到这儿，面红耳赤，明明曾经经历过，却还忘了Y教会我们的。

大概是由于自己这次创业并没有上一次那么一帆风顺，经历了很多风浪，也没有给大家多好的待遇吧，自己心里有点没底气，觉得不能像之前那么凶残，慢慢地成了特别好说话也特别心软的人。

我还一度以为自己应该会成为大家口中最宽容、最好的领导。事实上，但凡是人前人后都被大家夸为好领导的，无一不是严格并且有原则，只是偶尔用一次人情的。只有那些没有原则、没有规矩，全靠人情和善意的，最终才会被划为"无用""无理""无良"的三无范畴。

　　所以，千万不要做那个一开始没有制度、没有规矩，反倒是因为心软不断原谅工作有纰漏和体谅各种客观原因的人。你的无原则会带来对方的底线不断降低。而当你发现越来越糟无法控制损失，意识到需要按照正常原则去要求对方时，他们反而会觉得是你不可理喻。那时候，你既失去了好的工作结果，也失去了人心。

　　心软真的不是善良，切勿搞错。

　　那是没原则、没底线、没有参照标准、没有一杆秤啊。

你委屈的人生会变成毒还是药

前两天看了部电影——《季春奶奶》。

虽然几经转折，最终仍然是部温情且感人的电影。

却因为其中的一句话，久久不能平静。

季春奶奶，一个靠海生活的海女，一个人抚养着小小的孙女慧智。每天在海水里一待就是六个小时。我不知道正常人可不可以做到只带着一副潜水镜和脚蹼潜到海底 20 多米的深度待两分钟以上，但这是这个六十多岁的老人每天的日常。在海底憋上好久的气，重新浮出海面的时候，沉沉的呼吸声像海豚的鸣叫，长长地回荡在天上。小小的慧智，每天在岸边等着奶奶浮出海面，两个人牵手回家。

可偏偏这样相依为命的两个人，命运却捉弄人将她们分开。慧智走失的 12 年里，季春奶奶已经老得走不太动路、挺不太直腰了，但仍然坚持不卖掉老房子，守着这片海，每天艰难地潜水，捕捞海藻、海带、贝壳赚取微薄的生活费，期盼着有一天孙女可以回来。

终于有一天，长大后的慧智出现了，可她的身上满是秘密，也浑身是刺。

她不习惯奶奶的亲密接触，她不太能接受别人对她的好，她还偷奶奶为了她卖房子的钱，看得我一度为季春奶奶鸣不平。

就在她继续对这个世界悲观绝望不能接受别人的爱的时候，教她画画的老师，说了一番话：

"看起来你的人生应该很委屈。那段委屈的人生，会变成毒，还是药，我不知道。反正是你自己选择！"

当剧情渐渐明朗，才知道，原来慧智从童年到长大，都缺乏母爱，更是被狠心的父亲送进孤儿院，他没有尽到一点做父亲的责任，可是在她长大后还要一直敲诈女儿的钱。那样没有阳光的成长过程，似乎并不难理解她为什么对这个世界并没有应该有的感恩和信任。

是的，她过去的人生，确实受了很多的委屈。

她选择了逃避，选择了保护自己。选择不再去接受爱，不再去爱。

我想起了我的同学凡。

她的父亲在她小学的时候出车祸去世了，她的妈妈带着她辗转过几座城市，又嫁了人。

每次到一座新的城市，她都必须在一段时间内接受新同学们的审视、嘲笑和可能会有的排挤，而妈妈忙于工作养家，很少能够陪她。她的少年时期几乎很长一段时间都是自己度过的。

在她高一的时候，她妈妈又因为长期操劳，不注重保养，患上了癌症离开了她。留下并没有什么工作能力的继父和乱糟糟的家。

她自己又因为干家务活，在高考前烫伤了胳膊没法写字，遗憾地放弃了高考，只能复读。

…………

这样的人生，足够有资格说委屈的了。

在这种家庭环境下成长起来的孩子，哪怕愤世嫉俗、怨天尤人，兀自缩在自己的角落，也合情合理。

可偏偏，凡有着比任何人都要灿烂的笑容，比任何人都要开朗的笑声和比任何人都要豁达的态度。

她常年都在各个公益组织里面活动，她每年的奖学金都捐给了贫困山区。她关心身边的每一个朋友，在我半夜突发急性肠胃炎，同宿舍室友都抱怨着大晚上没法睡觉了的时候，她冲进来，把我从床上扛起来。

最开始不知道她的故事，我们所有人都心想这样的姑娘，一定是一帆风顺没有经历过什么磨难的，一定是得到了特别多特别多的爱才会如此充满温暖。

所以我在很久以后得知真相时，惊讶地问她："你真的一点都不觉得命运不公平吗？"

她依旧笑眯眯地跟我说："偶尔也会觉得呀。但是我妈妈在世的时候经常跟我说：'你可以觉得累，但不要觉得苦。这世上有比我们苦得多的人。'所以我常常告诉自己这不是辛苦，也不是苦难，只是恰巧我身边的朋友、同学，都是少数的幸运者，比我过得轻松一点，幸福一点。"

在那之前，我一直觉得自己足够豁达和乐观，好歹原谅了一切发生在自己身上的糟糕事。

但是在凡面前，我只能说自己像个勤恳的蚂蚁，打着哈欠，但也只是在努力搬掉面前的障碍，运回家，打算裹在被子里哭一晚上，慢慢消化掉。

委屈还是有的，只是因为不想让它变成毒，一笑而过已经是我觉得最积极的方式了。

可是凡不一样，她也许丝毫没有觉得这是种委屈，相反，这些苦难都成了她人生的药，让每一个接触到她的人，都喜欢她，都愿意被她治愈。

现在的她，嫁了个无比疼爱她的老公，有一个萌到不行的娃，做着一份开心的工作，仍然掏心掏肺地对待每一个身边的人。

面对委屈的过去，我们可以选择蜷缩在伤痛里，也可以选择依靠自己的力量走出来。

凡，很聪明地走了出来。

人之所以会觉得委屈，觉得不公，多是来自比较。

本来我们都能接受，生活不是自己老爸开的银行。与其垂头丧气地长大埋怨自己没法随时在取款机里提款，不如开开心心地去拥抱平凡的身世。

本来我们也都能认识到，人生不像电影，有那么多苦尽甘来那么多峰回路转，与其抱怨老天不开眼，不如开朗点面对，收拾好面前的摊子。

本来我们也都能习惯各种意外和不顺遂，不会为生活的稀薄而鬼哭狼嚎，偶尔有充足的氧气或许还会感恩戴德。

可是当你开始与身边比你过得稍微顺当些的人比较时，你就会开始觉得人生委屈。

即使曾以为是宝贵财富或者过去了就没必要后悔的经历，通通会在同一刻，丧心病狂地变了模样，惊涛骇浪般一齐扑过来，张牙舞爪地想要吞噬你。

于是，那个快乐的你会消失。

你开始抱怨不公，开始怀疑自己，开始垂头丧气。

…………

你看见自己变成一只小虫子，怀着自己那点焦虑和满腹的怨气，就像揣着万贯家产，贴着墙角，灰溜溜地往自己虚构的、安全的阴影里爬。

因为不能再失败，不能再受伤，不再相信爱，你不会再付出，不会再尝试，不会再拼尽力气去做一件事，不会再掏心掏肺地去爱一个人。

啊，这充满委屈和不公的人生，正变成可怕的毒药在侵蚀你。

想想都可怕。

可是，每个人都会背负一些苦难吧，或多或少，或迟或早。

也许你的人生，活得很委屈。可那些你看上去幸福或一帆风顺的人，或许只是你不知道他们曾受的苦难。

如果你一直在心里背负着那段委屈的记忆生活下去，一直活在和他人的比较里，它只会变成未来的毒，让你不敢去拼，也不会去爱。

如果现在活得这么累，那以后的人生该怎么办？

不开心也是过，开心也是过，你抱怨为何对你如此不公也不会带来一丝一毫的好转。你追问着为什么，也不会有人给你任何满意的答案。所以还不如笑着面对，坦然接受这是一种常态。

人生的确不会如你所愿，大多数你以为不能更倒霉的时候还真的会更倒霉。

但这灰蒙蒙的真相，并不妨碍我们成为明朗的人。

而你那委屈的人生，会变成毒，还是药，看你自己选择。

世界那么忙，没空针对你

专栏作家王路曾经写过一篇小有名气的文章，叫作《戾气纵横的文章是什么样？》。说实话，我到现在也不知道戾气纵横的文章到底是什么样的，也写不出来，倒是有几分了解戾气纵横的姑娘是什么样子的。

我读书的时候，曾经有一个同桌，成绩还可以，长相也不赖，但可能是来自贫穷家庭又父母离异，这姑娘有点过度敏感，总觉得周围的人都看不起她，都对她充满了敌意。连不管不顾的我每次跟她说话都得小心翼翼的。

她敏感到什么程度呢？打个比方，她的几个室友周末去买东西，顺便叫上了她。去了商店大家围着公仔叽叽喳喳开心的时候，她就觉得她没带钱也根本买不起，她们就是纯粹想借此来侮辱她，愤然离开。

再打个比方，我用自己攒的零花钱买了个小灵通（那个年代还没有智能机），高兴地跟她分享，看有哪些功能，她脸一沉："你是在跟我炫耀吗？"

啊！还有，她喜欢写东西，投稿无数次不中，她生气地抱怨："一定是那些编辑故意不用我的稿！我写得那么好，他们就是排斥我这种没背景、没有发稿经验的！"

结果呢？

她的室友们反正是没再叫她出去逛过街，我呢从此再也不敢在她面前拿出什么她没有的东西，同学们在一起说说笑笑，见她板着一张脸走过来，就会讪讪地散开了。

于是她更有一万个理由怀疑大家集体在排挤她，在背后说她的坏话。

我最开始还会安慰她、开导她："你想多啦，大家并没有那个意思。"

可当她又一次情绪崩溃冲我们大叫"你们所有人都看我不顺眼！"后，我再也不说什么了。这满身的戾气实在让我近身不得。

后来她受不了我们全班对她的"敌意"转学了。再后来，听说她辍学了。再再后来，失去了她的消息。

最近一次听到她的消息，是前阵子回老家，我妈凑过来跟我说："唉，你原来那个同桌到现在还没结婚呢。"

我没好气地白她一眼："我也没结婚呢，很奇怪吗？"

"不是，那姑娘都相了好多次亲了，没人敢要，说她老疑神疑鬼的。"

听我妈这么一说，我明白了，看来她还是没变呀。她依然习惯性地把身边所有人都当成假想敌，从学校到社会，只是假想敌换了一拨人，她设想全世界都在对她散播敌意的心态并没有变。

把自己放到了全世界的对立面，难免会一身暴戾之气，变得难以相处。

她之所以总觉得别人无时无刻不在"暗算"她，究其原因，还是因为把自己想象得太重要了。

有位老人说过，人一生要经历三次成长，而第一次就是意识到自己没那么重要，并非世界的中心。

是的，你真的没有你想象的那么重要。

自己把自己特当回事，说实话，挺尴尬的。

我曾有一次因为被老师当众骂是个蠢蛋，难过了好久，也因此走路、上课都不敢抬头，觉得所有的同学都在嘲笑我，直到后来才在同学哭笑不得的疑问"你说的是什么时候的事？"中明白，原来大家根本就没有听进去那些话。还有一次我鼓起勇气给研究生导师发了封长信说明我想换选题研究的原因，之后的一阵子导师都没有联系我，我一度觉得完蛋了，导师就此把我放弃了，甚至上课的时候盯着他的一举一动，他一堂课都没有看我，让我觉得自己让他失望透顶。过了一阵子，他找我问进度，我才知道原来他只是瞟了几眼那封信，根本没放在心上。

啊，还有，刚开始被广大群众关注时，在微博上发了个言论，结果被一个人说什么鬼，取关，心里简直说不出有多郁闷，惴惴不安了好几个小时不敢去看粉丝是不是减少了许多，纠结这条微博到底要不要删，第二天终于还是没忍住，去看了眼那个说取关我的人，发现他也并没有取关。我突然懂了，人家其实真的没把我当成什么重要的足以影响他心情、足以让他劳神取关的人物，而我却被一句漫不经心的话，影响了一整天。

多么尴尬。

事实上，你所以为的自己经历的惊天动地的大事，顶多成为别人茶余饭后的消遣谈资，谈个三五天就厌倦了。即使是备受关注的明星，人们也不过是对他们上热搜的那些八卦新闻看过、聊过就忘了，谁也不会太放心上。

毕竟大家还有自己的日子得去操心呢，你没那么重要，大家也没那么无聊。你身上发生的百分之九十九的事，都和别人没有半毛钱的关系。

所以，不要再总是把世界设想成假想敌。世界其实是无动于衷的，累的是你自己，损耗的也是你自己。你想要被他人温柔善待，首先得摆正自己的位置，知道自己没那么重要，也回报他人以善意和信任。

心中有戾气的人总是会让人望而生畏的。尽管总会有很多黑洞伤害我们，但若我们不想被那些黑洞吞没，那就竭尽全力发出光芒来，而不是将自己也变成黑洞的一部分。

世界那么忙，真的没空针对你。请你做明亮一点的人吧，别活在戾气里。

别替城市难过

前两天发了个微博，我说我真的不喜欢那些离开大城市的论调，偏偏这一年多这样的热文层出不穷。比如之前逃离北上广的发酵，这几天更是被"替北京难过"刷屏。

其实之前几回我都没怎么关注，这次却很惊讶。

如果说前几次是大家感慨着刚进社会的年轻人的发展机会和生活质量被剥夺，那这一次，这些叫嚷着离开大城市的，却大多是社会培养出来的"精英文化"人士，他们也曾是"天之骄子""国之栋梁"，却在这个有家庭、有孩子的成熟年纪，依旧脆弱地选择满怀失望和愤怒地离开这座他们曾经拼命想留下的城市，然后替北京难过着失去了他们这样优秀的人才。

坦白来讲，我非但一点不替北京难过，我甚至替北京为他们难过。他们在学术上、能力上来讲，也许优秀无疑；但从整体来看，非但不优秀，反而很疚很狭隘。

那些因为大城市的压力，因为自己的焦虑，因为受不了别人比自己过得好，因为在比较中无比挫败，愤而埋怨社会、埋怨城市，才想着要逃离大城市回小地方生活的，都是尿人。

啊，我曾经也是。

考大学时死活报北京，最后却还是在毕业时逃去了西南小城。

我常在采访里说，那是因为我恰好遇到了这样一个机会去做游戏创业，那里福利好、成本低。可是我心里再清楚不过，我不过是害怕在北京那种没根也没归属的飘零感，做了个逃兵。

我现在回头看自己曾经的文字，"被每天上下班的 13 号线的人群挤进车厢并挤去任何一个不存在的空隙瞬间，我觉得我可能永远无法在这个冷漠的城市站稳脚跟"，我都觉得丢脸。

直到我后来单枪匹马来到完全陌生的上海创业时，我才终于意识到当初的自己有多懦弱。

不是城市不给你包容和空隙，而是它给了所有人包容和空隙，至于如何分配、如何站稳，那是你们自己的事。

都是成年人了，我们都该为自己选择的路负责，不能因为自己干得不好，活得有压力就赖这个社会、这座城市。

我看到有人说得特别好：当初留下来，不是别人求着你，是你求着别人给你一个工作的机会，给你一个留下来的出路，而你当初选择留下就应该知道现实的残酷。

现在的我，在上海，面临着和北京一样"艰巨"的生存环境，可我过得很开心。

虽然我也被买不起的房价吓到，会被繁重的压力累到，也会被各种各样的人伤到，但是我一点都不想离开大城市。

为什么要离开呢？它给了我———个什么背景资源都没有的人——足够的宽容、足够的施展拳脚的地方，给我可以改变出身的机会。

为什么人人都说上海是座包容性很强的城市？仅仅是因为许多跨国公司的存在吗？仅仅是因为有许多国籍的人在这儿生活吗？

不是的，因为它和北京，和纽约，和所有大城市一样冷漠，它对每一个来这儿打拼的人都是同一副脸孔。

它不关心谁来了，谁离开，每一个人对它来说都一样，都可以在这儿靠你自己，活下去，或因为无能活不下去。

它看得到你的眼泪，它也看得到别人崩溃。它知晓你的收获，也明了他人的所得。但是它只是看着，只是知道而已。

它不干涉也不偏袒任何人。

对这座城市来说，冷漠才是最大的宽容。

它既能接纳欺负你的坏人，也能包容我们这样的尿人，不是吗？

蔡康永说过一段话，大意是大城市是冷酷的，但好就好在它是冷酷的。所以无论你是不是离经叛道的怪咖，你都可以找到属于自己的角落活下去，没有人会在意你，也没有人会嘲笑你。

而这在小城市是做不到的。到处是人情、裙带关系、世俗眼光，所有人都得活得一样，不然就是怪物。

我不喜欢回慈溪老家，因为无论我读了多少书，我做出了多少成绩，我对自己多么满意，回到那里，我就是个他们眼里没有稳定收入，只能靠自己辛苦赚钱，没有好老公，没有大房子还只知道满世界跑的可怜大龄未婚女。

你说大城市没有机会，其实小城市的机会更少。你说大城市冷漠，可大城市给你足够的藏身空间和随时重来的可能。小城市就不冷漠吗？小城市的冷漠和无情是具有排他性的，它也会让你怀疑自己存在的意义，甚至更让你感到窒息。

你会说，有很多甘心回到小城市安安稳稳、平平淡淡很幸福的人呀。当然有，但能够不顾他人眼光，只关注自己内心平和的人，在哪里过都不会差，更不会埋怨、抱怨、迁怒、责怪城市，不是吗？

我来上海两年，从一无所有到现在真正融入它，最大的感受就是，在这座城市里，我只要努力，只要用心，只要有能力、有胆识，只要心态放平慢慢来，我就可以站稳脚跟。

这座城市，它大得可怕。走在钢筋水泥下会让你觉得冰冷，但深夜独自去酒肆也会得到足够真诚温暖的接待。

它不善待任何人，也不排挤任何人。它给所有人比小城市多得多的机遇和平台，相应地，它自然需要你承受比小城市高得多的成本。

诚然，可能我一样要接受早晚高峰的拥挤，一样会有许许多多比我优秀、比我有天赋、比我成功的年轻人给我带来的紧迫感，一样会因为公司存亡而焦虑，会感慨本地人靠拆迁房子就飞上枝头变凤凰了，但无论怎么吐槽，我从不质疑：

我可以凭借自己的能力实现经济独立，接近理想，辛苦也充实，一个人在大城市里活得丰盛。

有人在我那条微博下面留言，古来长安居不易。说得太对了。

自古长安居不易，哪个朝代是像他们口中所说的，带条毛巾就可以随随便便来大城市闯荡天地的？那只是用来麻痹自己、安慰自己过得不够好的借口吧？

自古确有不少贫寒子弟来京城一朝高中的，他们或许是只背了个包裹，但他们也带了满腹诗书和治国大志。

也有不少早些年赤手空拳从小地方来大城市，白手起家成了富翁的人，他们也许是只带了条毛巾，但他们也带了打拼的魄力和满身不屈的信念。

那些口口声声说着失望和难过并且抱怨社会不公平的人，可曾想过别人十年寒窗苦读，立志一朝报国吗？他们看到别人商海里沉浮滚打，多少眼泪吞回肚子的样子吗？

他们没看到，他们看到的只是别人成功的结果和自己"不成功"的现状。

他们觉得生活好难啊，只是因为他们内心的焦虑，他们对自己的不满，他们太想赢而没有赢。

他们当然焦虑，但焦虑更多的不是房价本身，也不是没房孩子就没学上，而是别人买得起自己却买不起，别人不如自己聪明、有学识却比自己过得好。这样的挫败感，让他们无法接受。

他们可能是因为经受过生活的捶打，丢失了最初的梦想，无奈离开。

可生活真的那么容易把我们击倒吗？那击垮了我们的，究竟是生活本身，还是我们求而不得的欲望？

生活容易吗？当然不容易。成年人的世界，谁活着都不容易。

可生活难吗？起码这些有工作、有稳定收入、有美好家庭，甚至已经有房、有车的人，不应该喊难。

还有那么多挣扎在生死线上的难民，还有那么多被贫穷和歧视压着的人。他们尚且在用力地活着，你凭什么喊难呢？

就像我之前在文章里说的：我们绝望吗？不绝望。觉得绝望的，都是那些想一夜成名，一朝暴富的人。

放到这里也一样，那些明明已经过得还不错，却难过、绝望、遗憾离开的，只是因为自己没有暴富，或者不如更富裕的人过得好。

请摆正心态啊，不是你学历优秀就必须要过上比别人好几倍的生活，也不是你工作努力辛苦就必须要求社会满足你的发财需求。

重要的是用心过什么样的生活并朝之努力，而不是用钱算计要过什么样的生活。

有一句话说得真好：生活不只眼前，只要你不妄想一步到位，它从来就不难。

当然，是不是要离开大城市，是每个人自己的选择。

我说的尿人只是那些因为承受不住攀比、压力和自卑离开的人。

也有许多人，离开是遵从自己内心最真实的想法，不受旁人和物价影响的成熟决定。

这样的人，生活在哪座城市不重要，房价高低也没那么重要，他们知道自己想要什么，不适合什么，什么是最适合的，他们无论去哪里，都可以过得很充盈。

他们即使离开，也没有怨念。

大城市一直都在迎来送往各种各样的人才，有逃离的，自然也有奋不顾身的。多一些少一些，撼动不了一座城市。

我不为任何一座城市少了谁而遗憾。

不过我至今仍清楚记得入学时校长说的话："为什么我始终为自己是北大人而骄傲？因为我们从来不是为自己战斗，我们肩上有整个社会的进步。"

虽然听上去很假大空，可这句话确实能让我在焦虑失控的时候静下心来想想，什么样的自己值得骄傲。

如果我们更少地关注金钱、关注房价，不总花时间跟看上去比你富有很多的人去比较、较劲，不纠结于努力带来的回报不够多，而去更多地关注自己的成长、收获、感悟，关注自己是不是沉下心来把手头的事情做好，把一点一滴的生活细节过好，也时不时问问自己是不是做了一些改变他人、改变哪怕一点点这个世界的有意义的小事，我们就不会觉得生活艰难，也不会觉得大城市难待了。

我不替北京难过，我也不为上海心疼。

好好经营工作、生活和自己的人，都不会绝望，也不会哭诉"生活不易"，因为他们一定体会得到在大城市一步一步走来的内心的丰盈，那不是区区房价就可以抹杀的。

冷漠才是最大的失望

前几天收到一条私信，是一个刚刚实习没多久的姑娘，难过地说自己一直都光顾着学习，因为不太懂职场的规矩导致工作失误被经理很凶地骂了一顿，问我是不是经理对她很失望啊，她是不是没有希望留在这家公司啦？

我哑然失笑，姑娘多么像当年的我呀。骄傲、敏感、自尊心强，以为别人的责骂就是最大的失望。

我很耐心地回复她："如果他什么都不说，挥挥手让你出去，你才真的应该担心你没希望留在这家公司啦。"

她疑惑地表示不太明白，我就给她讲了个故事。

我小时候并不是个令人省心的孩子，被打被骂都是家常便饭。我也一度以为家人和老师对我能说的难听的字眼都用了，早就对我失望透顶了。既然如此，我该继续做个无药可救的差生，我也依旧昂着我的头颅，面对老师和家长恨铁不成钢的痛骂。

直到初中的某一天，物理老师又一次把上课看小说的我拖进班主任办公室，一向暴跳如雷的班主任只是冷冷地看了我一眼，对物理老师说："这个孩子我也管不了了，以后你也别管她了，随她去吧。"便挥挥手，让我从办公室出去了。

　　本以为又要在办公室遭受一番暴风雨般的训斥，再站上一两节课的我，在从办公室走回教室的路上，从视死如归的英雄变成被彻底卸甲的落败士兵般，没了嚣张气焰。

　　接下来的几天，无论我是继续上课看小说、打瞌睡，还是逃课、玩游戏，或者迟到、早退，班主任都没有再找我，甚至在放学路上看到我，都不再是气急败坏地抓着我苦口婆心教育一番，而是简单地点个头。

　　那一瞬间，我深切地明白，班主任真的对我不抱期望了。而终于得偿所愿被老师放弃不再管教的我，竟然感受到无比失落和恐慌。

　　嗯，是失落和恐慌。

　　那种恐慌和后来看电影被抛在荒野上随时要被黑夜吞噬的的恐慌类似。

　　在那之前，我觉得，责骂才是最代表失望、最令人绝望的，可那会儿我开始朦朦胧胧地明白，事实上，冷漠和疏离才是。

　　而这样的失望和绝望，无疑是在无数次的责骂后才会产生的。量变产生质变，在你还以为你可以继续骄纵、继续无理、继续享受争吵甚至暗地里嘲笑和诅咒对方的时候，你冷不丁地，就剩下自己了，对方不跟你浪费时间了。

　　庆幸的是，我那会儿还是有点觉悟的，并没有因为班主任的放弃而如获大赦，更加地堕落（不是没有同学这样），反而是开始反思。

　　那之后，我开始浪子回头，好好上课，好好写作业，虽然表面上仍是骄傲不羁，时不时地出点乱子，心底却卑微地希望班主任能够重新多看我一眼，多说我几句。

我的学习成绩进步得很快，甚至几次拿到了全班第一，还提前考上了重点高中的实验班，但是班主任却再也没有和以前一样拎着我的耳朵说你怎么这么不听话。她也许的确是没有什么理由再来责骂我，但我清楚地感觉到，我们之间，就是隔了一道鸿沟。

对人的期待这东西，和信任一样，摧毁在一朝轻而易举，想要重建却经年累月，难如登天。

那之后的很多年，我依旧不是传统意义上的好孩子、好学生。但是每一次被责骂后，我都会庆幸，自己仍然没被放弃，同时也掂量着到底是不是自己的错，如果是，那么就别恃才而骄，赶紧改了，别等到别人对你真的失望。当然自己坚持的对的人生选择除外。

我想起前阵子自己公司里的事。一个我喜欢的员工，最终还是被我开掉了。

为什么一开始喜欢？是因为她虽然历经职场多年，已经 40 岁，仍然算是口无遮拦，我当时觉得起码心思单纯。（当然现在的我已经不这么认为了，已经 40 岁还不分场合地口无遮拦其实是情商低。）

但是她实实在在就是每个公司都很害怕的小白兔员工：看上去人畜无害，没有心眼，勤恳工作，却没有工作业绩，甚至问题百出不断走下坡路，并且还因为"口无遮拦"渐渐地拉低了团队士气。

我一而再、再而三地找她谈心无果，最终在又一次出现问题批评责骂她后，我成了她心目中"容易发火、脾气暴躁"的老板，并且还传到了所有底层员工那里。而她，依旧我行我素混日子。

我终于死心了，不再给她做任何的工作指导，自然也不再有任何的指责。那一刻，我终于理解了班主任的感受。一个曾经自己喜欢的学生或员工，是如何一步步让自己心凉至放弃的。

那之后的一段日子，她再找我汇报业绩我也没有再说废话。最终按照她绩效不达标，劝退了她。

她走的时候带着愤怒和疑惑，别的部门的人也觉得有些突然。有人小心翼翼地问我："看你那阵子不再骂她，还以为你对她满意了呢，怎么突然就让她走了？"

我无奈地说："骂她的时候还怀抱她能听懂、能理解、能改变的希望，不骂她的时候才是彻底失望了。"

对方眉毛一挑，似乎有点没想到我会这么回答，却在之后的日子里，变得更为积极了。

我们没有人喜欢被指责或者被骂，甚至在听到一些字眼的时候无比难过地以为自己已经被放弃了。可是真的，无论是家人，还是爱人，还是上司，若他们还在跟你争吵或者骂你，意味着还在乎你。

他们在用这种方式企图让你变得符合他们的期望，不管这种期望是否合理，是否你喜欢的，但起码他们还有期望。

如果有一天，你发现无论你再犯什么错误，做什么决定，怀着忐忑不安的心情，却看到一张没什么喜怒哀乐的脸，淡淡地跟你说"随你吧"，千万别欣喜若狂。那时候，很有可能对方已经彻底失望，或者完全不在乎你了。

如若你不想体会那种被在意的人抛弃的孤独感和恐慌感，那么最好，在别人还愿意责骂你的时候，不要一意孤行，也不要担心害怕，好好想想为什么会有争吵，哪里有不足，要如何去做，才能不推翻那面和信任一样推倒就再也难垒起来的叫作希望的墙。

我为什么从来不怕父母逼我

昨天做了个很重要的决定，买了人生中第一套房子，是在普吉岛海边的大 house（房子）。

用自己赚的钱在合同上写下自己名字的那一刹那，内心是无比宽慰的。

我妈在我交完钱的那一刻，开心得像个孩子一样在售房中心的大厅里转圈，迫不及待地跟我阿姨发微信说："我们家凯凯买房啦，好大的房子，三层呢，她是不是很厉害。"脸上是抑制不住的笑容。

我看着兴奋的她，也开心了起来。

而几天前还没出国时，她其实明明还在反对。

嗯，我就知道，当我有能力抗衡她所担忧的一切，当我坚持了我的选择，当我为自己的决定买单，她终归还是会自豪欣喜的。

想起前几天一个朋友跟我吐槽："唉，过年回家真的是被唠叨死了，还是你好，爹不管妈不烦的。"

我一听，乐了，我爹不是不管我，我妈也不是不来烦我，只是他们说再多，也终究不会影响现在的我什么了。

话说得可能会有点难听，但是道理就是：

若你被他们影响，只能说明自己内心还不够坚定，也不足以令人信任。若你被成功阻挠，也只能说明你还不够强大，不能独当一面去过你想要的日子。

我会很注意让自己不去说一句话，就是可能经常听到的"我都是被他们逼的""你知道我都是被迫无奈的"。

没有任何人可以逼你。

我们被迫妥协的时候，一定是因为我们不够强大。

这世上其实不存在所谓的被迫，每个人都有机会选择，只要你愿意为之付出代价，只要你有孤独上路的底气。

你要知道如果你过得完全不如你所期，不是别人，你，你自己，才是自己的掘墓人。

唠叨是每一个母亲的天性吧。我刚决定创业的时候，我妈和每一个妈妈一样阻止过、担心过，甚至哭着求我别做傻事。毕竟谁不希望自己的儿女安稳度日，平安喜乐呢。

我没有用强硬的态度去顶她，我反问她："妈，这些年我做过的决定让你失望过吗？"

她想了想，摇摇头。

"你是希望我听你的，然后一辈子都后悔和埋怨你吗？"

她抿了抿嘴，知道上套了，但还是摇摇头。

"我这些年没问家里伸手要过一分钱吧？"

她点头。

"我一点不埋怨什么，你们没有义务必须让我富足快乐，但你们也没有权利来干涉我的人生。你是相信我的，对吧？"

"当然。"这次她沉默了会儿才开口，"只是不想你太累。"

你看，你的父母不是生来就否定你，永远站在你的敌对面的，他们的担忧和反对，不过就是怕你过得不好，希冀你过得开心些。

你若自己有能力不依赖他们给你钱、给你支持，他们也真的拦不住你。

你自己都没自信、没说服力，凭什么要求别人相信你呢。

在指责他们阻拦我们之前，我们自己得先有孤注一掷的勇气和自己能养活自己的底气。

然后一次次用自己做出的成绩证明给他们看，我们能为自己选择的路买单。

你要让他们相信你能对自己的人生负起责任，你有足够的能力不为任何决定而后悔。

有人说，那我要做出点像样的成绩来还得很久啊，在此之前我得不到他们的支持，我也根本跨不出那一步呀。

嗯，我特别理解。

我身边大多数的人，包括我自己，和父母的关系都不算好。关系不好当然不仅仅是指争吵、叛逆，即使是很听父母话，从不起争执的子女，也几乎没有和父母深入交流过。

我也曾觉得我这辈子都无法得到他们的理解，直到有一件事改变了我。

四年前我妈妈从我弟弟口中知道我当年拒绝了哈佛 offer 的事，她哭着质问我为什么私自做决定，这是对自己的人生不负责。

我在那一刻崩溃了，我没想到我这样的牺牲换来的竟然是她的指责和质疑，我哭着喊着说："我恨你们。"

我妈愣住了，也哭了，两个人抱头痛哭了一会儿后，我们人生第一次彻夜长聊。我说了我长这么大从来都没说过的一些想法。

末了，她哭得更厉害了。

她红着眼跟我说："对不起，这些我都是第一次知道。以后你就去做你喜欢的事吧，不要总是为了家人牺牲。"

那次的结果，其实是出乎我意料的，我原本只是憋不住心里的委屈，想发泄出来而已，而换回的却是完全没有奢求过的理解。

这个远远高于预期的反馈，彻底让我明白：

对我们，他们其实很好说服，比任何人都没有原则。

再蛮不讲理的父母，也能为了成全你的幸福而成为你的支持者。

在遇到阻挠、不解、分歧时试着和父母去交谈，静静地说，认真地听，真诚地反馈，你收获的感动会超乎你的想象。

这几天我和妈妈一起在海岛休假。

大多数白天和夜里的时间，我们都只是坐在沙滩上，一个个大大小小、深深浅浅的沙滩上，说话，聊天，我流眼泪她也跟着流眼泪。

昨晚她在朋友圈，发了一段话：

"只要你愿意，高飞远嫁都按照你的意愿。只要你欢喜，贫穷富贵也都是我的心安。我则要锻炼日益老迈的步伐，你在遥远的地方，需要我的时候，我就可以飞快地奔到你身边。"

我看得泪崩。

这样的母亲不是生来就有，也不是一直如此。

一切只是因为坦诚的沟通和交流，还有我为了让她放心，一路以来承担自己人生的那份决心和努力。

谁的父母不希望儿女在身边呢，哪个家长不希望女儿荣华富贵嫁个好人家呢？

可又有哪个父母不是为了你能够过得好呢?

只是这个好与坏,要由你自己来判断,也是由你自己来证明的。

别动不动说他们为何总是逼我们,先想想是不是自己没有承担付出的代价的勇气,也没有对自己选择的未来负责的底气。

我们也不能总指责他们为何总是不理解自己,毕竟没有人可以在不沟通、不交流的情况下完全知道对方想什么、要什么。

只要我们过得好,只要我们真的开心,只要我们有能力为自己的人生买单,他们当然也愿意让我们自由地飞啊。

贫穷富贵都是心安,高飞远嫁都是欢喜。

完美永远只是假象，一地鸡毛才是生活常态

这似乎是一个关于完美和虚伪的命题，而事实上，这只是一篇自省文。

前两天，因为玩得开心，稀里糊涂地第一次传了视频到网上。好多人留言和私信说，我的声音毁坏了我在他们心目中的女神形象。

这结果出乎我意料。

当然，出乎我意料的不是说我的声音令人幻灭（我觉得挺好听、挺逗啊），而是我居然是那么多人的女神，以及大家对于一个人的完美假想。

刚开始我还试图解释我真实的声音不是这样的，可越回复越觉得自己好假，既然真实声音不是这样的，那你为什么把虚假的给大家看？既然你给大家看了，无论原先的好坏，交出去了，那评论与批判的权利也同时交出去了。解释个毛线。

同时我也蛮好奇的，转头问男友，究竟什么样的声音算是女神的声音？为什么大家对于一个自己喜欢的形象，竟有着超乎我想象的全套配置，从发型，到服饰，到声音……

经常出现的"女神"这个字眼，让我开始反省自己。自己和这个词语有着多远的距离？

我知道很多人称呼我为女神，并不是因为外貌，而是我带来的正能量，又或者切实感受到我的真实坦诚。

这也许仅仅是一种心里喜欢或者想成为的样子，就如三毛和燕姿之于我。

一个在我心里播下了流浪的种子，18年来，生根发芽；一个在我眼里刻进了飞扬的自在，12年来，身影依旧。

可我却从不敢称她们为女神。"神"这个字眼，太过骇然，太多敬畏，我怕期待过高，沉重不堪。

三毛在我眼里，分明只是个敢爱敢恨、恣意任性的女子啊；而燕姿分明只是个眼里心里都有光芒，唱自己爱唱的歌的女孩啊。

她们身上，有我由衷喜欢并且向往的土壤，但我从未觉得她们高高在上，遥不可及。

因为我知道，我也会和她们一样，我会成为自己喜欢的样子。

但之所以自省，之所以忏悔，是因为我知道有太多外在的声音，太多外界的定义，让我也曾不知不觉有所迎合。

这个世界，都不止一种模样，在其中生活的乒乒作响的我们，又有谁会只是被定性的那一种样子？

从什么时候起，那个熟知我的人眼里吊儿郎当、胆大包天的疯丫头、假小子，不知不觉迎合着被外界定义的那个美丽、知性、自信、温暖的女神模样？

我分明只是个爱自由爱到骨子里，却又倔强顽固，爱逆着人群走，找那一丁点自己之于这个世界存在的意义，穷尽每一天追求自己开心和价值的自私孩子。

窗外是阿拉斯加凌晨灰而亮的天空，想到这里，还能听见空气中到处是扇得啪啪作响的耳光。

所幸能够张开捂住脸庞的双手的是，我开始抛开这样一个形象了。

没有多么令人骄傲的领悟，起源竟是前阵子剪回了短发。我开心得快要上了天，蹦跳着在马路边哼曲，似乎剪掉的那一地不是头发，而是所有生活和工作中的那一地鸡毛。

为什么？我思来想去，唯一的理由是，我觉得我做回了从前帅气的自己。当然这怎么可能，但起码不再缩手缩脚。

我不再担忧每张照片传上去后是不是够美够温柔，是不是匹配得上那个"正能量女神"该有的光芒形象。

因为美和温柔，从来不存在于我对自己的认知里。

即使一直以来也并没有说过任何虚伪的话，煮过任何违逆本心的鸡汤，做着自己觉得最真实的小V，但那样一种并不喜欢的光环，那样一种定义的"形象"，早就在不知不觉中让人变得畏畏缩缩。

当我被越来越多的人捧为创业女王、北大学霸、正能量女神、励志网红的时候，我真的没觉得有什么好开心的，有的是花费常人无法想象的努力换来的，而有的，你们没看到而已。

学霸？虽然我也企图自己是天才或者学识渊博来着，也时不时挑灯夜战，抱着厚厚的历史、地理科普书啃啊啃，指望第二天在某场对话中"不经意地"引经据典，但事实上，我的大脑，也不过是存不了太多东西的旧电脑，看了忘，忘了也只能再看，塞进去了金融公式，就得挤出来诗词歌赋。

创业女王？虽然我也想吹着轻松创业成功的牛皮，成为福布斯排行榜上的常客，但事实上，付出过的艰辛没有多少人知道，也不值得挂在嘴边每天宣扬。回顾那些走过的路、曾经的惨况，那是那些已经稳稳站在金字塔顶端的大腕的权利。

正能量励志女神？虽然我的确有着一些多过常人的精力和能量，虽然我的确有着与生俱来的射手座的乐观豁达，虽然我确实就是不喜欢走寻常路，做我自己爱做的事，但我也会失望、生气、伤心，也会骂娘、会发飙、会爆脏字，谁没有个想指着老天说你长没长眼的时候！

完美永远只是假象，一地鸡毛才是生活的常态。

这听起来有点悲观，是不是？

可这就是现实啊。

怎么可能完美？没完而已。

所以你们在羡慕什么呢，在崇拜什么呢，在不安什么呢？

我记得我说过，那些光鲜亮丽让你羡慕的人啊，其实也都值得你同情。

鲜衣怒马，千金美酒，外表光鲜的生活背后，总有许多不为人知的苦涩。看似辉煌的人生，总有悲凉的底色。

他们指不定比你更汗流浃背地生活着，每一天都是虚张声势。

如果什么时候我们觉得诧异"为何我心目中的他是这样的"，那可能只是因为真实的他不符合我们假想的全套配置吧。

我，一直都觉得生活本来就不易，并不想伪装。

这个真实的我自己，也许有着乱糟糟的头发，也许有着不化妆的素颜，也许有着并不好听的声音，也许有着肆意妄为的生活，分享我所爱的旅行，也许并没有义务每天都传播正能量或者励志暖心的文字。

这样的我，想对你们说声抱歉。

但好歹，我可以走得很远。

至于其他人能走多远？也许会很远很远，对于成就而言。

但对于自我，也许他们始终停留在最初阶段吧。

还是坚定地做自己。自私地做自己。开心地做自己。

飘浮着他人眼光的世界是多么油腻啊。

不是吗？！

我尝试了几件小事，拯救了很丧的自己

虽然我写了跟糟心的 2016 年告别的文章，但 2017 年果然来得更 tough（艰难）一些，要真的全新做一个美好的自己，依旧没那么容易。

直到我尝试着去做了一些看似很小很小的关于生活习惯的改变，我才发觉自己有了巨大的变化。

这个变化，不只是心态，也是神态，更是自己的状态。

我开始恍然明白，很多时候我们以为自己丧是外围运势带来的丧，而其实，是身体和心理本身的丧。

是什么构成了自己？怎么成为一个更好的人？需要从自身去改变。

1. 关闭朋友圈

过年后我关闭了朋友圈，起因仅仅是心情容易受到别人发的朋友圈的影响：

"他怎么才创业一年就做得那么好！比我强多了""他们好厉害，怎么办公室这么豪华""啊！他居然那么开心""为啥他们又在满世界玩"……

虚饰过后的朋友圈常会让我错觉所有人都过得比我好，比我轻松，从而愈发地焦躁。

关闭一周后，我不会再强迫症地看到红点就想去点开它。我的生活、时间、情绪果真再也没受那个红点的影响，与此同时，我发现了其他无穷的益处。

要概括的话那就是：时间有限放大，注意力无限集中。

相较于被动地接受铺天盖地的无用碎片信息，我变得更主动地去寻找、去关注我想了解的讯息。

相较于每时每刻捧着手机关心别人的生活，我变得更为关注自己过得如何。

我变得心态平和，因为看不到他人的"光鲜亮丽"无从比较；我变得对自己满意，因为工作效率和独处质量的极大提高。

即使后来因为被太多合作伙伴误会而重新开启，也早就习惯了不活在他人世界里的生活，不会再去点开它。

珍惜你有限的注意力，把它用在对你来说最有意义的信息、事件和人身上。

这对每天活在浮躁现世里的我们是件太重要的事了！

2. 断舍离

我不太爱逛街，但家里竟然也有一堆冲动消费的产物，一周不大动干戈收拾就杂乱无章。

这次我终于咬咬牙，把那些虽然挂在衣柜八百年但每次看到都不考虑去穿的衣服，放在客厅占地方却舍不得丢的各式小玩意，那些被赠送的觉得丢了有些对不起别人的没什么用的礼物都整理出来丢掉或者捐掉后，那感觉像是丢掉了一个陈旧的自己，轻松得想原地跳舞。

原来，把空间填满了也是一种浪费，就像人生不是拥有越多就越美好。你拥有最合适的、最重要的就够了。

在扔东西或者捐东西前，我所理解的断舍离就是这个扔的动作而已。可当我终于狠心丢掉了这些累赘后，才发现，原来断舍离才刚开始，它其实影响的是往后的行为。

体验过了清爽的感觉，之后会只挑选自己需要的、适合自己的、重要的，此为断。

意识到有些东西留着也会忘了，忘了就变成垃圾。清楚明白，果断甚至狠心，此为舍。

因为东西少且都是自己喜爱的，决策也不会再纠结。轻松无执念，了解且喜悦，此为离。

所以其实，断舍离，是重新拿回驾驭生活的主导权的一个行为，它影响的是你整个的状态。

掌控的，不仅是衣橱和柜子，还是自己人生的那种主导感。

3. 早起晒太阳

每个人都有太多的理由晚睡，比如工作太多，比如压力太大失眠，比如晚上写作灵感好，然后顺理成章地晚起。安慰自己，晚上晚睡一点补起来就好了。

这一切，不过都是因为自身效率的缺失和自律的缺乏。

无论前一天睡得多晚，第二天多头晕眼花，我终于还是尝试着在 8 点挣扎着起来了（8 点对我来说很早了，勿喷，哈哈）。

吃个早餐，晒晒太阳，尽可能在有阳光的时候保持清醒，而不是昏昏欲睡。

我发现我一天的时间竟然被拉长了许多，赚了许多时光的满足感，绝不仅仅是早起的那两三个小时的差别。

当然，早起就会早睡，我的生物钟已经渐渐从 2 点调到了 12 点，然后这几天 10 点就困了，上床睡了。

4. 找回自己的爱好

不知道你们有没有那种被迫丢掉的爱好。

我小的时候学了八年画画，国画、素描、水粉，后来因为被家人要求好好在重点班考大学，放弃画画而赌气地说再也不碰。

今年尝试重新拿起了画笔，一度忐忑地觉得武功应该已经全废，可居然意外地找回了多年前那个只要一坐在画板前就能安静一天的小姑娘。

当然，我说的是爱好呀，不是特长，不需要很擅长。

甚至你没有爱好也可以去尝试任何一种活动，譬如写字、音乐、写作、爬山、跳舞、弹琴、摄影都可以，它们都不是什么难事。我知道这个世界上大多数时候努力并不会换来成果，功夫是负有心人的。但它们和背英语单词一样，是那种起码你只要付出一点，就一定能多记住一个单词，画得更流畅一些，跳得更谐调一点，看得到进步的事，对于缓解挫折感增加信心来说再好不过了。

况且爱好这个东西，它最不功利，不需要你用璀璨的结果来换取什么证明。

它的意义在于，会让在危险世界里一度受挫的自己，欣喜地意识到，原来我并非一无所长啊，我还是可以做一些力所能及的事的。

5. 休息时尽量拒绝工作

我以前是个工作狂，全天手机不离身，夜里2点前的工作邮件和微信我差不多都可以随时秒回。

我一度陷入一种"我的及时回复和出面解决问题很重要"的错觉，感觉大家离开我就会乱了套，生活全部被工作填满。

我也一度被"创业者哪有周末"的论调洗脑，只要稍微闲下来一些就罪恶感蔓延，别提过什么周末，连晚上看个电影都会一直幻想别人都在拼命为了业绩加班而我一定是被投资人唾弃的那个。

可事实是，那些事业极其成功的人士，周末也几乎不会处理工作，更多的是陪伴家人。

事实是，很多时候，我的出现只会让别人产生依赖——反正她会解决会想办法。而当我"消失"后，他们发现无处可依，往往也能解决得很好，甚至更好。

你看，这个世界，没有你真的可以。

事实是，没有了生活的"生活"，不会有什么事做得是真正让你踏实的。你不仅牺牲了最基本的陪伴家人和朋友的时间，丧失了好好为自己做顿饭、看本书、睡个好觉的补足元气的机会，你的工作给你带来的愉悦感也会越来越少。

因为一个连合理的生活空间都无法给予，连自给自足的幸福都做不到的人，一定会对自己越来越失望，也会对自己在做的事逐渐产生怀疑：我做的这一切，真的是有意义的吗？真的是让他人、让世界变美好的吗？那为什么我自己越来越不美好了？

所以，学会给自己留一点"私人空间"，对工作说，走开。

6. 尝试一件长期恐惧的事

因为小时候被淹过，所以一直怕水，到这么大了还是不会游泳。

所以，我最近开始学游泳了。

起码，克服心理障碍的那一瞬间，我觉得自己比以往改变了一些，如果说那个我是不够好的，那我愿意相信现在的自己更好了一些。

这种感觉本身，比学会游泳这件事，重要多了。

7. 尝试心理咨询

我是个看上去非常开朗乐观（当然事实上也很开朗乐观）的人，曾完全拒绝相信自己有任何心理上的缺漏，也曾甚为怀疑和鄙夷心理咨询的套路，妄图用自己擅长的逻辑能力去解开他们企图了解的人的心理状况的套路。

但这一次，我觉得自己丧得比平常要久，希望去跟一个陌生人说说心里的困惑，反而用很放松、很信任的状态去接受心理咨询师的询问、假设和建议。

怎么说呢，就算没有任何问题，在你压力过大、信心受挫的时候，能够去接受一次心理咨询也是非常有帮助的，那是你没法跟亲人、朋友、同事、战友诉说的。

其实每个人的心和身体一样，都会因为受了凉、吹了风、被病毒侵袭变得娇弱。

就是心生了病，以前一直没被重视、没被发现。

既然发现了，那就吃药、打针、喝水、休息，信任你的医生。会好的。

8. 注重日常穿搭

我喜欢在旅途中买一堆花花绿绿的衣服不重样。但在日常生活中，我是那种喜欢的鞋子一个款式买三双，为了百搭黑色的窄腿裤一水买五条的糙人，常常会让我身边亲近的人很崩溃，"你能不能换换新的时尚单品"。

我以前不以为然，觉得每天要花很多时间考虑穿什么的女人才是心累呢，我这多爽快。

直到最近我发现自己越来越懒，天天随便套件毛衣 T 恤，下面裤子和喜欢的包万年不变，两件大衣可以轮换着穿一个月，连张像样点的照片都没有，我开始尝试每天逼自己记录一下自己的 daily look（日常打扮）。

也不是没有审美的人，所以看到手机里自己丑陋的穿搭样子其实是极具刺激性的。所以我这些天，开始每天早上起床时思考穿什么，怎么搭配鞋子和包包最好看，用什么配饰比较时尚，甚至开始画一下睫毛、涂一下唇彩。

好看的照片，旁人的夸赞，还有走街串巷时镜子里的侧影，就是这些渺小而又俗气的开心，能让你一整天的心情和状态都在一种"我能 handle（掌控）任何事"的自信里。

让自己变得时髦好看一点，也是件很重要的小事。

或许我们身处于从来都算不上多完美的世界，以至于各自遭逢为数众多又不为人知的艰难时刻，都会怀疑自己，度过一段更为艰难的时间。

可那些让我们怀疑自己的，也许是他人的评论，也许是遭遇的背弃，但很多时候也是那个越来越"丧"的自己。

尝试着做一些微小的、你以往懒得做或者看不上眼的改变，会给你带来巨大的变化，你会相信：

很多时候，不是我们的状态影响了行为，而是，我们的行为是可以改变自身的状态的。

只有你的生活状态，你身边的一切物和人，才能勾勒出真正的你。

而所有其余的，跟名利相关的，都是装饰。

Chapter

Four

你最大的励志，
是谁也翻腾不了你的人生

我不会下来的 / When they go low, you go high

趁着在美国定居的高中好友回国办孩子周岁的酒席，我们一帮子高中的同学难得地聚在了一起。

毕业快十年，大家除了穿着和相貌成熟了，其他并没有太多的变化，仍然是咋咋呼呼地互相吆喝着。我去晚了，这帮人显然已经热闹了一阵子。

看高中男朋友的边上还空着，我走过去，高兴地拍了下他的肩膀："呀，头发变多了嘛！又变帅了！"他笑笑："是嘛！"没有多说话。

我奇怪地看了他一眼，以前他可是个开心果，怎么现在变得这么沉默寡言的。

再仔细看了一下他，钱包是 LV（路易威登）的，身上是 Amani（阿玛尼）的大衣，手机是最新款的，还带了个闪亮的银壳，过得显然很不错呀。一餐饭的时间，我们高歌欢饮，他却郁郁寡欢。

临走的时候，一个共同的好友把我拉一边说："他现在的状态很不好。

他老婆家不是很有钱嘛，安排他在岳父家的公司工作，让他当经理。你也知道他这个人多要面子、自尊心多强的，现在多少有点风言风语说他吃软饭，能开心起来嘛。"

啊，我恍然大悟。

那年踌躇满志、满怀抱负的他，说要靠自己的力量闯出一片天地的他，显然现在是有点厌恶自己呢。厌恶自己成了自己曾讨厌的人。

他真的是小题大做了呢。我暗暗想道，心里很难过。

如果这么算来，我们可能都成了自己曾讨厌的人。

我想起今年我遇到的一系列事，曾让我纠结到想要原地爆炸的事。

我的门店从五月份起，被接连地恶意举报和投诉，关于莫须有的食物中毒和证照不合规。于是整个旺季，我的几家门店接二连三地面临着关店、审查、抽样的漫长等待，以及巨额的损失。

我被接二连三的事故折腾得每天都在各个区、各个街道的食药监和检验检疫局中来回卑躬屈膝、点头哈腰，来不及去想这个到底是谁做的。

我没有办法替自己辩解，因为一旦开口换回的必然是被训上两个小时，说着"小姑娘年纪轻轻不要得罪人，不要不懂食品安全法"。

虽然所幸得益于平时对于供应链和产品的严格把关，让我们在严苛到近乎变态的检验检疫局的标准中幸免于难，终归还是逃不过一些相关人员令人作呕的伸手。

后来我知道了，有些道理是不能讲的，因为道理是人说出来的。我不能得罪的，不是道理，而是人。

我成了我自己曾经最为鄙视的人，换回的是保住了我本来就干干净净的店。换回的是他们开始对我友善，我安慰自己是值得的。

那之后，我才从他们口中得知，原来投诉举报我的都是竞争对手。

我在气愤的同时，更多的是震惊。

震惊为什么他们和我们不一样，不是一心一意做好自己的产品和服务？不是安分守己地做好自己该做的事？不是知道自己不够强，那就努力弥补自己的缺失？

尤其是当大家回过头去看，发现我们80%的差评都是来自竞争对手的水军时，这种愤怒之情更是难以抑制。而我这个时候，也回想起投资人曾经跟我透露的，一个竞争对手在投资圈四处散布着我们的谣言。曾经我一笑而过，原来那居然是真事，而对方还在私聊中不断地保持着友好共处的笑脸，心痛不已。

演友善有多逼真，杀我的心就有多强烈。

在我难以平复的震惊和纠结的情绪中，公司伙伴们的情绪倒是出奇地简单而一致，怒气冲天："妈的，太过分了，我们不能这么忍气吞声，必须以其人之道还治其人之身！"

我看着一张张被气得通红的脸，很是心疼。他们也是过早就接触了这个商场的尔虞我诈，比起我这个老人，他们应该更为震惊地颠覆了自己的三观。

我也很想很想为自己金钱和名誉上的损失，为自己的低声下气，为自己不得不违背本心去维护自己的公司讨回个公道来。要是回到没有法制的社会，我恨不得现在就拿把剑冲到他们面前，光明正大地挑战。我比任何人都更伤心、失望和愤怒。为自己的损失伤心，为愚蠢的信任失望，为他们的无耻而愤怒。

可是我纠结了许久，最后还是摇了摇头。

我说出"算了吧"的时候，对面的小脸蛋写满的是惊讶与不满："为什么？凭什么？！我们没有害人的心，但是都欺负到家门口了，总得还手吧？"

"你们鄙视他们吗？"我问。

"那还用说，贱死了！鄙视死了！"

"那如果我们也成了那样，你们会鄙视自己吗？"

"……"沉默。

"做好我们自己吧，不要去管这些拉你下水的人，只要还有别的办法，别做自己鄙视的人。"我叹口气，没看他们的眼神，转身走了。

我其实没有那么伟大，我比任何人都不希望被自己鄙视的人干掉。

可是我知道，如果我用同样的方式干掉敌人，日后也绝对无法自豪而骄傲地跟世人说，我赢了。我不过是用比卑劣者好不了多少的手段，打败了卑劣者，有什么资格说别人卑劣呢？

很多人说我傻，说商场就是比谁狠，投资人不会因为你们人品好就投资你们，一切都是利益至上。

我也知道自己这样可能真的永远够不上什么枭雄。

但起码心里还是坦荡清澈的。

我记得曾经看过一部韩剧，里面的女主角因为光芒过于耀眼，被其他人眼红、暗算直至彻底跌入谷底。她说："听说人心就是如此，看到处处比自己好的人，不是想着我也要去那里，而是你也来我这泥潭里吧，下来吧下来吧。但是，不好意思，我是不会下去的，你生活的那片泥潭，怨恨某人，嫉妒某人，如地狱般的地方，我不会的，所以不要再向我招手，叫我下来了。"

是的呀，社会终究不是自己的，我们要生存，要适应，可能会付出许多代价，改变许多性格，也被打磨掉很多理想，所以难免觉得自己成了"自己不喜欢的、讨厌的人"。

可是不喜欢、讨厌的人和鄙视的人还是有着很大的差别的。

也许曾经我们说写字仅仅为了热爱，也许有一天却靠文字为生；也许曾经我们说要自己开一家公司做大老板，现在只是一个普通的职员，上下班挤地铁；也许像前面我同学一样曾经踌躇满志地要靠自己成就事业，最终却在亲人的公司工作。这样的我们当然会有一些讨厌世俗的自己，难免会对自己失望。

但那又怎样呢？我们仍在好好工作，用自己的学识和智慧让自己、让企业更好。

大多数的"讨厌"只不过是因为骄傲的我们丢掉了一部分的尊严，而并非奸恶。

这样的我们，好歹在正直又努力地活着，我们依旧知道什么是原则，什么是卑鄙，什么自尊可以牺牲，什么底线绝不能逾越。

又有什么值得鄙夷，需要完全否定自己呢？

米歇尔·奥巴马说过一句话，我特别喜欢。那次纠结之后，我找出来一直作为手机屏保：

When someone is cruel or acts like a bully, you don't stoop to their level. No, our motto is, when they go low, we go high.

（有些人可能残忍而霸道，但这不意味着你可以堕落到与他们一样，绝不可以。我们的信条是，当别人往道德的低处走时，我们要继续向高处前行。）

是的，身边有太多诱惑，也太黑暗。可是哪怕身在粪坑，我们也不能大口大口地吃屎。

啊对，那个电视剧的女主角还说过一段话："你现在就站在悬崖的最边上，一个不小心，就会坠入万丈深渊，消失得无影无踪。"

所以，与其掉下去与他们为伍，不如打起十二分的精神来。

When they go low, we go high.

旁观世界，也要投入世界

前几天和一个长辈初次见面。

交流酣畅，到中途喝茶时，她突然看着我的眼睛说，你就不是个适合社交的人，你天生就不爱与人说话。

一时间，我愣在那里。

这是我有生以来，第一次听到这样的话。

而我，被不知是喜还是悲的情绪左右着不知道该进还是该退。

我这样的一个人，任谁都从未把不爱说话，又或者是孤僻、内向，诸如此类的词汇和我联想在一起。

在台上演讲辩论的我，在会议上的我，在谈判桌上的我，在和人交流沟通的我，在朋友中间的我，哪个我会看上去像是个不爱说话，又或者不适合社交的人呢？

似乎早就习惯别人夸我口才好，也早把会说话当成自己的一项优势沾沾自喜。

却在此刻，一个陌生人的面前，被戳得完全无法给出本该哑然失笑的回应。

过了好一会儿，才回过神来，轻描淡写，说了句"不会吧"。

她走后，我一个人坐在椅子上，开始难过。

我想，我是被说中了。

那个只要有机会，便希望可以远离人群，一个人不说话待一天的我；

那个只要出去玩，便希望可以自己一个人，不要有任何人跟着的我；

那个只要在聒噪的人群中，便希望自己可以隐匿成角落的小虫的我；

那个只要进入光怪陆离的世界，便下意识地想要逃离的我；

才是真实的我。

我难过的不是我没有机会一个人安静独处。

真正让我难过的是，我才发现，那个人前永远巧舌如簧的我，不过是为了讨好这个世界罢了。

为了让自己看上去不那么不合群，我需要去学习现在流行的网络段子、时兴的东西；

为了让自己看上去不那么孤傲，我不仅需要听得懂黄段子还得接得上话茬，做一个恰到好处的"污"的女生；

为了让自己看上去不那么善良好骗，我需要保持大脑时刻运转，给出应该回答的严谨措辞和分析；

为了让自己看上去不那么不知世故，我需要在想甩耳光子过去的时候，仍然笑着说真是听君一席话胜读十年书。

曾几何时，我也从未想过讨好这个世界啊。我一直以为我走的算是一条少有人走的路，逃过了世俗的样子，可是在走这条路的时候，那个清高又桀骜，那个想要改变世界的少年不也已经被世界改变了吗？

郁郁寡欢的我发了个只有好友可见的朋友圈，最后一句说道："也不曾想讨好这个世界。却原来，生活并没有那么容易饶过我。"

发完后继续在座位上发呆，内心的厌恶感不断蔓延。

等我再打开手机，意外地发现一个几乎不出现的一直潜水的老友，在下面给我评论了句："世界不需要你的讨好，它只是需要你的投入罢了。"

我的眉毛一挑，这句话怎么不像是出自几年前就独自去香港读书念律师的他口中呢，那个对生活和未来拿捏住每一丝每一毫打算的人。

看来真的是多年不联系了啊，全然不了解他经历了什么，才会说出这样的话。

我想了几秒，给他拨了个 Skype（网络电话）。

接起电话的他显然也很惊讶："你莫非真出什么事了？居然打电话！"

我哑然失笑，果然在他们眼里我还是个"无事不登三宝殿"的家伙。

我说我刚才被人拆穿了，我其实就是个虚张声势的家伙，我被社会改变了，变得好虚伪。他如许多年前一般很鄙夷地嘲笑了我一句："我以为什么破事呢，就这么点事，你至于觉得好像自己成了什么罪人一样吗？"

他恢复了冷静又好听的声音：

"你不觉得很讽刺吗？想着要改变世界，结果没改变世界，却被社会轻而易举地改变了。

"所以你到底是在难过你没改变世界，还是在难过自己被世界改变了？如果是前者，我告诉你，我们本来就很渺小，改变不了世界。"

"……应该都有，可能后者多一些。"

"嗯。照你这么说的话，我们每个人都在虚张声势，我们每个人都很虚伪。我问你，你想清楚回答我，你收过黑钱吗？你有没有做黑心的事去拍你的顾客？你做过违背自己原则、超越自己底线的事情吗？"

"当然没有！"

"那你现在的改变真的那么让你鄙夷吗？还是你太骄傲了而已？"

"……"我无语。

仔细想想，那些觉得自己改变了的点，也无非就是变得圆滑、变得更能容忍和自己价值观不同的人罢了，自己好歹没成为那样的人。

这么看来，似乎也真的只是自尊心作祟而已，觉得自己不那么清高桀骜了。

他见我不说话，过了会儿接着说："你别觉得自己是在讨好世界，我们只不过在做个让世界少替我们操心的人罢了。"

啊，这么听来，那个过去清高且沉浸在自己世界里的我们，才真的是令人操心不懂事呢。

有人说过，人生会经历三次成长：

第一次是发现自己不是世界的中心；

第二次是发现再怎么努力，终究还是有些事无能为力；

第三次是明知道有些事可能无能为力，但还是会竭尽全力。

看来，我已经发现了自己不是世界的中心，所以去让自己迎合一些场合。我知道有些事自己无能为力，例如我真的改变不了这个社会已经沉淀了许久的一些潜规则，但起码我愿意去容忍包容，让自己继续竭尽全力去做自己分内的事。

这么看来，我应该为自己高兴才是呢，成了一个越来越不需要让世界替自己操心的大人。

我想每一个和我一样曾经怀疑过自己是不是变了的人，都会纠结地直接下个自己成了自己讨厌的人的结论。可事实其实没那么严重，或许只是过去的我们实在太不投入这个世界，只是旁观它罢了。

而现在的我们，只要坚持着一些人生价值观的底线和原则，不去成为自己真正鄙夷的人，其他的变化，或许都是好现象。那些见到我们就说"你变了"的人，不用都去理会，他们又怎么知道我们经历了什么，我们要保护什么，才会变呢？

是我们的经历，我们想保护的人和事，让我们宁愿牺牲一些自己曾经完整的倔强，这并非坏事，也是我们的成长。让曾经冷眼旁观世界、活在自己中心的我们，开始投入这个世界。

旁观世界，也学会投入世界。应该是总想不一样的我们的第三次成长吧。

女人最大的励志，是你翻腾不了我的人生

1.

今天约一个常年位列我的"美食同吃榜"第一名的吃货朋友出来吃饭，我照常在微信里发了地址和一个简单的"八点，别迟到"。按往常来说，她是一定会流着哈喇子回我"好啊好啊！"或者是因为实在有事来不了的"今天去不了改天啊，你丫等我一起吃"。

谁知道，她回了我一句"不去，我减肥"。面对差点一口老血喷出来的我的表情包，她举着大刀说："老子被劈腿了，我要让他后悔，跟我分手多愚蠢！"

我竟一时有点被这霎时转变的气势吓到，要知道，她可是一直以微胖界的安吉丽娜·朱莉自称的人。

我还没说话，她甩给我一个链接，是某个健身公众号的"小胖妞分手

后苦练三个月蜕变成让前男友后悔的热辣女神"。

嗯，励志。

对比那些失恋后仿佛天塌了一般哭天抢地要死要活的人来说，这样的治疗方式明朗积极，甚至可以说是无比地励志。

貌似变得美美的、瘦瘦的，昂首挺胸走过前男友和他现女友面前是件很解气的事，也是一个灰姑娘蜕变成公主的大家爱看的励志故事。

可这却不是我认为最值得骄傲的做法。

女人啊，最励志的做法是一如既往。

2.

在我佩服的人里面，一直有一个名额，给了我阿姨。

在我才十岁出头的时候，突然有一天，我的阿姨离了婚，带着跟我一起长大的弟弟离开了我们从小一起长大的小城，去了另一座大城市。家里没有人拦得住。

几乎所有人，都在哀叹着我阿姨年纪轻轻，貌美如花，带着个儿子净身出户如此不值，我弟弟那么小就要面临父母离异还要去一个完全陌生的地方如此可怜。年幼的我，还不懂得心疼阿姨，但是却担心弟弟以后再也不是以前活泼疯癫的他了。

可是，我担心的事情，并没有发生。

我的弟弟没有一丝不如同龄人的自卑和羞怯，他仍然爱笑、爱闹、自信，甚至小小狂妄。

而我的阿姨，依旧是那个雷厉风行，做事一丝不苟，待人春风般温暖的能干女人。

我还小，并不知道个中原因，但这件事给我留下的印象是无比积极正面的。以后每每别人提及父母离异对孩子的影响，我总会拿我弟弟的例子，证明这是个伪命题。

直到刚上大学，听外婆在心疼备受离异打击的我妈妈的时候讲起阿姨的事。

当年阿姨在打开家门发现男人出轨的时候，并没有歇斯底里，也没有愤懑不平。

她冷静地把房门关上，退了出来，而当男人再次出现在她面前的时候，放到他面前的是一纸离婚协议书，与此同时，是确凿的证据和所有的财产分配明细。

她一个人，默默地做了这一切，连我的外公外婆都没有告诉。

直到全部办理完毕，她辞掉前景辉煌的工作，卖掉房子去大城市重新开始的那一刹那，家里人才知道发生了什么。

所有人都觉得不可思议的是，从头到尾，阿姨并没有因为这次婚变，表现出一丝一毫的异样。

相反，她无比冷静。

她没有歇斯底里的愤怒，也没有涅槃重生的拼命。

她没有把长发剪成短发，没有疯狂地去工作来忘却痛苦，也没有想要把自己打扮得更美、更风情万种来进行挽留。

从那个时候起，我开始崇拜她。

因为那个时候的我，还是个会为了失恋而喝得酩酊大醉，想着要彻头彻尾改造自己、获得重生、变得更强的小屁孩。

20岁刚出头的我，是多么肤浅，背着满满的书，却背不起一点点委屈；尽管笑着说没事，却藏不住心底的不得志。在我那狭小的世界里，全是怎么样变得更好，让对方后悔，重新来找我。

我问阿姨，为什么，你可以一点都不受到影响呢？你当时不崩溃吗？

阿姨停下对着镜子拍保湿水的手，瞪大眼睛转头看着我："崩溃？为什么要崩溃？他还没有这个能力让我崩溃。凯凯，没有谁，可以毁掉你的人生啊！"

3.

我的阿姨，她不会像小姑娘一样，整日以泪洗面，说什么"男人没一个好东西"之类的废话；

她也不会像祥林嫂一样逢人诉苦，陷在永久的悲情中。

她像一座石碾子，那些坚硬的谷物是生活中的养分也是苦难，她就那样一圈圈碾过它们，把它们碾成细碎的人生。

不徐不疾。

她一直都走在越来越美、越来越好、越来越强大的路上。不会因为谁，而改变她的步伐频率。

从那个时候起，我知道了。

一个内心足够强大且自信的女人，她不会因为离开什么人，而抛售现在的自己万念俱灰，也同样不会撤销曾经的自己只求脱胎换骨。

她，始终是她。

我常常会看到一些文章，宣扬女生离开男人要让自己活得一样精彩，甚至更漂亮。又或者女人要独立，要做自己的王。

这当然没有任何问题。

可这个精彩的结果本身与离不离开男人，或者说与有没有男人没有任何的关系。

我必须告诉我的吃货朋友，告诉每一个曾经或可能会为情所困的女人的是，女人最大的本事，不是留住男人，而是离开男人后，照旧生活。

女人情变后最励志的故事，不是惨遭抛弃后重拾事业、化妆美容、减肥健身……而是仿佛这个男人带给她的伤害，除了吹起一层涟漪外波澜不惊。

想翻腾你的人生呀，他还不够资格。

你可以坚强，但不需要那么坚强

一个自己喜欢的朋友得了抑郁症。

认识却不熟悉她的人都炸开了锅。因为不久前，她还是个被誉为女强人的彪悍又乐观的女子。踩着高跟鞋，抹着和衣服总是相宜的口红，从来都是兵来将挡、水来土掩的女战士模样。

她的对手会抑郁还差不多，她怎么会抑郁呢？

去看她的时候，她躲在角落里不愿跟我们任何人交流的绝望样子，深深地刺痛了我的心。

我走过去，抱住她说，我们去你喜欢的北欧旅游吧，好不好？

她轻轻推开我，摇摇头。

抑郁，是对这个世界的一切索然无味，是对自己的存在漠不关心。

我大概能够体会，她为什么会得抑郁症。

很多人觉得抑郁症很可怕，也很丢人。

但抑郁症就是情绪在撑了很久之后生病了，和身体没有打败病毒撑了很久之后生病一样，并不可耻。

而且，它也经常降临在乐观或者坚强的人身上。

很多人觉得平日乐观的人比如我、比如我的这个朋友就不会得抑郁症，可恰恰，这个朋友得了抑郁症，我没有不可置信。倘若有天我得了抑郁症，我想也不是不能理解的。

想来，这些年几乎总听到有人对我说，"你别那么逞强""你那么辛苦做什么""你一个女孩子那么拼干吗"。

我常常不以为然。我为自己而拼，有什么不可以的？我是女生，我还不能坚强了吗？

而不知不觉间，这些被我否定的论断，却并未被我忽略，渐渐成了沉重的包袱。

啊，他们都对我质疑、对我嗤之以鼻了，我怎么可以不做出点样子给他们看，让他们知道自己是错的呢？

这样沉重的包袱，对于谁来说，背着走一段路，辛苦点也是可以坚持的，但要背着走很长很长的路，一定会垮。

我从 18 岁到现在的这些年也非常辛苦，用旁人的话说，你怎么小小年纪经历了我可能一辈子都经历不完的事。

虽然天性乐观的我，并没有把这些辛苦或者说苦难当成多大的灾难，反而当成了宝贵的经历，但既然是伤口，就会有疮痍，既然有炮轰，就会有破洞。

它们客观存在着，只是我忽略了它们，或者说，逼着它们快速复原。

如果在往后的人生里，每一次袭来的都是小小的风浪，每一次都必须坚强的我们还可以抵御，但确实真的"心就像很多破洞的房子，洪水一来水就会在那里流"。

看到同样得过抑郁症的柏邦妮在很久以前说过，她自己的亲身体会是："抑郁是没有来得及的难过，你没有释放的难过，你没有允许自己完成的难过，很容易变成抑郁。"

这么想来，我特别能理解为什么朋友会得抑郁症。

我这个被冠以才女这种虚名的人，好在有个火暴脾气。时不时绷不住的时候蹦几个脏字爆几个粗口，在心情不好的时候冲家里的桌子踹两脚、冲男朋友吼两声，又或者喝个痛快蹲在路边大哭一场。

而好脾气的她，我几乎从未见过她有任何一次发泄。

面对不公正或者不如意，从来都是收拾收拾心情，继续做个拼命三娘。

那些没有来得及的难过，那些不允许完成的难过，它们并没有消失，而是日复一日地累积在心底，把细密的小针孔水滴石穿成大大的洞。

时不时把小针孔堵上的人，也许在外人看来不够坚强，可每一次爆发都避免着无法挽救的大洞。

再乐观、再坚强的人，也是抵挡不住洞口泄出的洪水的。

你可以坚强，但是不需要那么坚强。

不要在痛苦来临时说服自己从巨大的悲伤里快速恢复或者逃离。没有人会觉得你没用，因为那样的痛苦谁都没把握可以迅速恢复。

不要忍。起码对自己不要忍。该释放积压已久的压力的时候就要释放，该给自己恢复伤痛的时间就要给。

如果你能够尽情地流泪，非常尽兴地难过，很完整地去难过，你也能够很彻底地从头开始。

这意味着你完成了一个仪式。

这个仪式，虽然并不能让你转败为胜，但它做了个标记，彻底地告诉你，可以告别难过，丢下包袱了，你可以开始新的征程了。

坚强可以，但是不要那么坚强。

你不用非得跟过去和解

过去这一年我做了许多错事，无论是做过的关于工作的错误决定，还是对身边人的错误态度，都一度让我懊恼不已。尽管我在一段时间的低落消沉、自我怀疑、自我否定之后，告诉自己一定要走出来，要相信自己，但这个过程就像经年累月搭起来的长城推倒后重建般，比第一次建的时候更艰难。

直到我看完获得奥斯卡两个奖项的电影《海边的曼彻斯特》，在沙发上窝着流了半个小时的泪后，我终于明白，我们总在教别人"走出来"，却从没告诉别人你可以"不走出来"。而"不走出来"又何尝不是一种治愈的方式呢？

片子的主人公 Lee（李）曾经过着令人艳羡的精英日子，由于过失，他失去了三个儿女。在警察局，他听到自己被无罪释放时，第一反应是夺过警察的枪，企图开枪自杀。妻子用最恶毒的语言诅咒他，和他离婚；小城的人都指责他，认为他是杀害儿女的凶手。他只能逃离家乡，在波士顿拿着最低收入，过着灰暗看不到头的生活，每日麻木着没有笑容。直到有天接到一个电话，他的哥哥去世，需要他照顾侄子，他重新回到了自己原先生活的小城。

影片到这儿，我们所有人都以为这又会是一部主人公在漫长自我折磨后被人治愈和自我治愈的片子，可事实上，完全不是。

在后半段，Lee 遇到了留在小城的前妻——她又有了自己的家庭和孩子，她希望 Lee 能够原谅自己当年的口不择言，她对 Lee 说，求你不要过成这样，我爱你。

谁料 Lee 痛苦而隐忍地说，谢谢你，但是我要走了。"I can't beat it."（我真的走不出来）。

"I can't beat it."一句话，真实又动人。

时间没成为解药，他自己也没原谅自己。

可我却对他肃然起敬。

在我一直以来条件反射般的概念里，受了伤就一定要尽快愈合，有了痛就必须得努力忘掉，只有自己跟自己和解才是战胜命运的强者，尤其是像我这样傲娇、自尊心强、不容许自己被命运击败的人。

可其实我自己也说不清，这到底是跟过去和解，还是另一种不肯直面过去而已。

我们总说，时间会带走一切。可事实上，无论多久，伤疤还在那里，提起过去仍会痛苦，有过的遗憾也永远还是会觉得遗憾。

是啊，为什么我们没有权利，对于过去的泥泞选择不和解呢？

我们所犯的错误，我们所遇到的挫折，我们所受到的伤害，我们错过的人，其实早就在我们的心里留下了不可磨灭的痕迹，失去的东西一辈子都回不来，这种遗憾不是变得更强大过得更好可以弥补的。

这种痛苦和伤害，其实只有我们自己知道。无论外人如何说，"时间会带走一切""你的痛苦我理解""很快就会好起来""以后回想起来什么都不是"……其实毫无用处。

而偏偏这样看似安慰的话语会给我们一种无形的压力，"啊，如果不快点过去，如果我不赶紧好起来，似乎真的很矫情呢，也会让大家瞧不起呢""谁没经历过呢，你看他们都那么坦然，我也不能一直这么下去呀"，于是逼着自己赶紧和过去告别，赶着自己走得快一点，再快一点。等到自己重新取得了成绩，获得了荣耀，过得比原来好，然后松一口气，幸亏我忘记了过去。

这种选择忽略过去的错误，原谅自己的过失，及时和过去和解才是轻松的方式呀。而像主人公一样，全世界都与他和解，唯独他自己选择不原谅，这勇气令我感动。

这样的勇气，并不是所有人都有。

当然，选择不和解、不原谅，并不代表着一生都要消沉低落，活在内疚和自责中，只是说，别为了让自己好受一些，就当过去的事没有发生过。

我仔细回想了下自己这两个月的经历，由于痛苦太多，以致连一向乐天射手座的我都无法忘怀，这不是我自己有多勇敢主动选择不遗忘，但确实一直在痛苦、懊恼、自我怀疑和纠结中反复思考、自我修正。

可以不夸张地说，这个冬天，是我自我思考、自我发掘和自我成长最迅速的时间，我想通了很多曾经没想通或者说根本没去想的问题。这其实和年龄无关，只是和自己被迫去面对、去接受的现实有关。

往年任何艰难困苦一起袭来的时候，我都选择很快地翻篇、很快地笑着跟所有人说没事都过去了，我可以坦然地说所有的经历必有加持，正是它们成就了现在的我。在他人眼里我总是坚强骄傲地一次次被打倒又站起来，但正是过于骄傲、过快地翻篇，让我根本没有仔细去想自己为什么会遭遇这一切，去分析苦难是否完全可以避免，去反思如果自己没有问题的话会发生这些看似不公平的事吗？

我想就是这种自我反省机会的缺失，让我直到现在，仍然会一次次地遭遇命运的扼喉。

世上最难过的关，绝对就是自己这一关。当你自己开始怀疑自己，你该做的，不是安慰自己是优秀的，不是麻痹自己说忘掉就好，而是去刨根问底地找出你为什么会做错，为什么会错过，为什么会倒下。

你铭记了伤疤，才不会再次忘了疼。

生活其实无法被安抚，正视生活给我们留下的痛苦，选择不和解，也许这是治愈痛苦的另一条捷径。

躲避过去、逃离自己的心情，其实就像是我曾看过某个人形容的躲月亮的心情。

小时候，我们总以为走得够快够远，就能甩掉月亮，看不见它了，闷头走很久一抬头，还在那里！大刺刺、明晃晃地照着。

那过去的事和人，也一样。就算我们躲到世界最隐秘的角落，钻到天上、海底，身边再多新鲜的，月亮还是那个月亮，你抬头的时候，它就一直在那里。

所以，别躲了，直面过去那个糟糕的自己，不和解，也不后退。专注地继续赶我们的夜路，做我们的仲夏夜之梦，偶尔抬头看一眼，仍然会心痛、会懊悔，但感谢它实实在在踏入过我的宇宙。

"我没事，我会尽快走出来"，那是电影喜欢的套路式结局，而生活并非如此。有的时候我们真的走不出来。

那就走不出来好了。坦荡说一句"I can't beat it"，继续活得血泪斑斑，活得刻骨铭心，未尝不是另一种人生。

关于忍受 & 热闹

1.

下着淅沥小雨的周末，房间里是昏暗的。

睡到中午，起床吃了个杏仁羊角面包，喝了杯牛奶，看了一本书，重新回到了床上。

把手机调成静音，无视因为不间断的信息一闪一闪的屏幕。

这是难得安静的时候。

舒服到不愿意被任何形式的文字、话语所打扰。

我知道，打开朋友圈，我会看到无数精美的 brunch（早餐）、无数场聚餐、无数个演唱会。

我也知道，我若回信息说，我不去了或者我在家，又会有"你这样多无聊、多闷"的话语。

我并不孤僻。很多人觉得我就是个很爱玩、很乐观、很外向的人。没错，我是很乐观、很爱玩、很爱笑、很爱旅行、很爱冒险。

我也曾害怕无所事事，害怕孤单，我觉得自己居然不被任何人记得，是不是不被大家需要了，那种恐慌感让我不断地钻进人群。

可我现在却无比享受无所事事，享受孤单。我知道这跟我平时没有能力享受慢节奏也有关系，但是更关键的是，我现在安然接受，我就是不被这个世界需要，不被其他人记起。

因为这个世界并不需要任何人。

2.

想起上一个冬天的尾声，在阿拉斯加的日子，黑夜来得格外快。

北极圈黑夜的漫长，有时让人绝望。

到中午的时候，太阳才刚升起来没一会儿，一小时后的下午便已然漆黑一片。

偌大的山顶的屋子，一天中能见到阳光的时间，转瞬即逝。

我几乎每天下午就开始昏昏欲睡，趴到床上后，醒来，又是凌晨的漆黑。

而房东 Kristin（克里斯汀），在我睡得天昏地暗醒来后看到她的每一次，都是清醒的状态，不是做着很香的 pancake（薄烤饼），就是对着她的军用电脑噼里啪啦，又或者是在零下几十摄氏度的室外，观测着极光。

终于有一次我困惑地跟她抱怨说，好奇怪啊，我是不是生病了？我以前一个月加起来都没现在几天睡得多。

她笑着跟我说，哈哈，你得了 seasonal affective disorder（季节性情绪失调）。

我惊讶地睁大了眼睛，这是有专门术语的一种现象吗？

她点了点头，没错，这是一种自然紊乱的现象。这很正常，因为没有人之前会在黑夜中待这么久的时间，看不到阳光。

我问 Kristin，那你们一般都做什么呢？在漫无边际的黑暗里。

她抬头看了我一眼说，忍受，你只能忍受。

我皱了皱眉。这显然并不是我想听到的答案。

忍受，在我看来是个非常消极、非常无奈的词语。它给我的感觉就是，必须经历漫长的煎熬。而我心底里盼望着的是，没有煎熬，用一种轻松的方式，度过这样的阶段。

这个 60 多岁的女人，可以每天骄傲得像个孩子一般，把她做得并不算太可口的食物推到我面前跟我说"我做的食物是最棒的"，应该是很乐观豁达的才对，怎么会如此消极？

她明显感觉到了我对答案的不满，起身倒了两杯她喜欢的蓝莓汁。

"你觉得忍受是什么？"她递给我其中一杯，问道。

"是一种无奈吧，也是一种带着期望的绝望。"我想了想，比较困难地拼出几个好不容易接近的形容词。

"忍受，是一种真正绝望后的平静。"

"我能理解短暂的不得已的平静。可是，忍受总是有极限的吧，超过这个极限，谁都受不了，会爆发吧？这样的日子久了，会崩溃的。"

"不，忍受是没有极限的。因为它让你回归心平气和，它让你得以好好审视自己，它让你有机会好好打量观察周遭的一切微小事物。你和世界，都没有极限，忍受又怎么会有极限？而且，到一定的时候，你再也不会觉得这是你理解的那个忍受。"

她的狗 Saidy（赛义迪）摇着尾巴懒洋洋地走过来，又安静地趴在了我脚边，并没有讨要什么。

她朝着 Saidy 努了努嘴："其实忍受安静和孤独是特别好的一种状态。中国的狗和中国的人一样，是那么地需要关注。不好。"

她转身走了。留下我一个人，在餐桌上坐着。

中国的人和中国的狗一样，是那么地需要关注。

这句话怎么这么难听，却又这么真实呢。

3.

想来，又何尝不是。去过那么多国家，其实真的没有多少是比国内发达富裕的，要说美食、美景，我泱泱中华大地，绝对是更多更丰富的。

但为什么偏偏我们国家的幸福感那么低。也许正是因为我们最耐不住孤独，最忍受不了独处吧。

我们之所以不能忍受安静和孤独，是因为我们内心的恐慌。觉得不被关注，不被重视，被这个世界冷漠地抛售却无人问津。

于是，我们总是像狗一样，去吠叫，去摇尾，去闹腾出一点声响，去掀起一些水花。

我们奋不顾身地去制造一点热闹，用尽力气守住这点热闹，也就这点热闹而已。

以前听长辈说，人经历过大起大落悲喜交加后，会变得平静，看透一切，不会再有过多的情绪起伏。

后来渐渐也明白了。

真正的忍受跟痛苦、悲伤没有关系。

而是彻底地回归自己的平静，是把孤独和难熬这些词完全丢掉。

它让人心平气和，让你意识到你可以依靠自己得到快乐。

它让你谦卑，因为所有别人带给你的，都成了不是理所应当的惊喜。

忍受不是无奈，不是绝望，不是气馁，不是死而后生，它只是"命运的归命运，自己的归自己"这样一种实事求是的态度。

它没有极限，也不会崩盘。

一辈子很短，和有趣的人一起，做了不起的事

一辈子很短，只想在喜欢的人那儿安心做个傻瓜

周末开车去参加高中好友的婚礼。

没睡懒觉，也没去坐高铁，特地一早上了高速，却在最后快进城市的地方，追了尾。

车子被撞得整个前盖掉了下来。

淡定地从撞瘪了的车前座钻出来，淡定地检查了身上，一点伤口都没有，淡定地叫了警察。接下来有点不淡定了，这下糟了，车子烂成这样，这老司机的名号以后是没的吹了，还有，怎么跟那帮孙子开口呢……

果然，刚打开微信的“一班逗×群”，哐哐哐来了一堆关于我的消息，十个人在那儿七嘴八舌。

“@我，你到哪儿了？没睡过头吧？”

“应该没，九点多的时候我把她叫起来了。”

“叫起来有啥用，我感觉她很有可能继续倒头就睡……”

"对哦……"

"我就怕这个，所以十点钟跟她打了个电话，她说她出门了。"

"十点才出门……希望她赶得上车……都多少次没赶上车了……"

"赶上车也没用，多少次坐过站了……"

"坐过站还好，这反正是白天还能坐回来……她不坐错车就不错了……"

"呵呵，就算顺利到站下车了，这个白痴不也照常会在路上迷路吗……"

"也不知道这家伙带身份证没……"

"估计钱也没带。"

"唉，带了我才惊讶呢……"

"昨晚就各种提醒她、交代她了，不会那么不靠谱吧？"

"她哪次靠谱过……"

"@我，喂，你人呢，仪式都要开始了！真的没来啊你！"

"再也别来见我们了你！"

…………

满屏的吐槽，看得我忍不住张嘴说了句粗话，大拇指放键盘上准备跳出去捍卫一下我的荣誉。

但转念一想，我现在的状况貌似完全没有回手的余地，只会被黑得更惨，泄气地翻个白眼。

和我一起来的男友，看我又好气又好笑的脸，凑过来看了眼我的手机，顿时笑得花枝乱颤："原来你在好朋友眼里是个这么不靠谱、这么蠢的家伙啊……威严扫地啊，完全不知道你是这样的 CEO 啊。"

应该在他眼里，我此刻就是个不靠谱的二缺吧。

我默默地把现场惨况图发到群里，"我撞车了……"然后回头看着伙伴哀叹一声，"又要被他们笑死了。"等着接下来的狂风骤雨。

本以为他也还是会继续笑我，谁知道他却特别正经地用略带羡慕的口吻说："你有这帮损友，真好。"

我不假思索地说："好个头啊，他们从来都只知道损我，从来没夸过我。"

他说："多好啊，他们知道你所有的软肋，起码在他们面前你不用戴着盔甲啦。"

我还在思忖他这句有点让人起鸡皮疙瘩的话，手机开始狂振。

"什么情况？"

"人没事吧？"

"你在哪儿？"

"有受伤了吗？"

"我人没事……"

"车子撞成这样，人没事真是万幸！"

"快离车远点！你这发动机都掉地上了，都在漏油了！别被路过的什么火星子引燃了爆炸！"

"赶紧的，离远点！"

"快，死丫头，赶紧跑到上风区。"

"我钱包还在里面呢……"

"钱包你个头啊，命重要！"

"你在哪儿，我们五分钟后就去找你！"

"待着别动，你个白痴！"

…………

我怔怔地站着，看着那几乎要漫出屏幕的担心和关心，眼里像浓雾散去后的草原，潮湿又温热。

男友看着我笑："他们是当真爱你啊。"

啊，这帮讨厌的家伙，总是让我像个被宠坏的孩子，只要他们在，无论犯了什么错误，都依旧天不怕、地不怕，无论多傻、多二、多疯癫，都只是看着我、包容我，让我永远学不会害怕和乖巧的模样。

这样的，应该是爱吧。

而我，也确确实实爱他们，才会卸下一切武装、一切防备、一切光环，做那个最傻、最不靠谱的我。

在他们面前，我从来都不是什么美女，不是什么学霸，也不是什么网红，不是什么背包客，更不是什么创业者、企业老总。

无论我这些年走了多远，走了多久，走得多么撒欢忘我，无论我谈了几场恋爱、换了几个发型、减下了多少体重、是否穿了当年誓死不穿的裙子，无论多少个他们生命中重要的场合我都没心眼地缺席了，他们依旧把我当成一样的人，那个胖乎乎的留着少年头每天跟他们在一起打闹、喝酒、玩游戏、吃鸡翅也谈人生、谈梦想、失恋淋雨、骂老师的人。

他们对于我后来的这些标签嗤之以鼻，甚至时常拿出来故意嘲笑我，是因为他们爱我。因为他们知道我从来都不是神坛上的人，那背后的努力和汗水，他们比谁都清楚。

对他们来说，这些名头都不及那个不靠谱的总是在不断闯祸的傻丫头来得有意义。

对他们来说，与其看到我那对每一个人都优雅、懂事、识大体的样子，不如看到我傻呵呵地冲他们跑过来，时不时地跌个跟跄。

他们知道我所有的软肋，手握着全世界都不知道的我的软肋，却是守护我的最英勇的战士。

我不担心，反而更加安心。

我不知道，这样算不算生活在这个社会里面的一点点小安慰。

复杂的社会里啊，我们总在惊慌中四处逃窜，逃向功名，或者利禄，或者一些小小的梦想。

但我们也用智慧、用强悍、用最完美的样子去掩盖着自己的惊慌。

似乎人终其一生，大多数时候都是没有办法完全放松的。

工作里要做个好上司，合作中要做个好伙伴，长辈前要做个好孩子，感情里要做个好伴侣、好父母。

我们可能需要在许多热闹或寂静的场景里，全副武装、侃侃而谈、毫无破绽、优雅沉着。即使遇到旗鼓相当的对手，也很难在同样的波长里互相享受旗鼓相当的快乐。

那样的全副武装，只有我们自己知道卸下来时，有多轻松。

如果还有什么可以让我们撒丫子尽情疯跑的沙滩，那应该就是这一片。

我就算在所有人眼里是那般精明模样，也希望在你眼里，永远都是不需要提高任何警惕，不需要凡事尽善尽美，可以漏洞百出、总是闯祸的那个二货、白痴。

一辈子真的很短，喜欢的人也不那么多呀，我只想在喜欢的人面前安心做个白痴，白痴的世界里乱七八糟，还是有人骂骂咧咧地帮你收拾好。

见过山水，饮过风声，挥洒过爱情，但最令人欣慰的是，这么多年过去，我依然可以肆无忌惮地光着双脚，流着血或者泪，电话接通，听你们说一句，你个白痴，待在那儿别动，我来接你。

长大和变老

一年生日又到，不再是小时候般的期待和开心，而是错愕。

错愕，怎么又是生日了。仿佛过了 25 岁以后，时间如此经不起盘算，忙忙碌碌在汗流浃背中一年悄无声息地就没了。

时间一年比一年过得快，或许真的是因为时间对我们来说，一年比一年重要吧。

我摇摇头，笑。不是难过，也不是叹息。

真的，长大，变老，却也越来越不惧怕年龄了。

想想身边的朋友大多都结婚了，很多也有了宝宝。几乎每一次并不常见的聊天或者聚会，话题基本都围绕着艰难的人生。

不那么有钱的总是探讨着：房价又涨了呀；好不容易付了首付还得还房贷啊；这孩子的衣服比大人的贵呀；不敢生病呀；工资永远赶不上想买的多呀；要操心的事情太多啦，老婆、老人、孩子……

少数家境殷实的也抱怨着：公司上上下下要养活压力大呀；怎么能让事业更上一层楼呀；怎么给孩子规划个好的国际学校，教育从娃娃抓起呀；现在大家根本就没有一起出来聚聚、喝酒、打牌的闲情逸致啦……

嗯，末了，有人会感慨一句，长大和变老真是不好呀，小时候多无忧无虑。

这话，总是没有什么异议的。

可我总觉得，长大和变老纵使有万般不好，它们却是我眼里的良人模样。

之前在看一部韩剧《请回答1988》时看得又哭又笑。

我喜欢着他们每一个人。他们有血有肉，有歌有花，似乎就是十年前的我们。

我羡慕死了他们每天互相串门，今天在你家蹭饭，明天来我家玩牌。有事大家一起想主意，没事大家一起喝一杯。

我也心领神会着他们那"一句话都要琢磨好久""听到你的名字就竖起耳朵""明明等了很久却装作我只是刚好在这里""说着口是心非的话，做着把你推开又想把你拉回来的事"的年少爱恋。

同样地，我为里面父母为儿女做出的奉献，朋友为朋友做出的牺牲而心有戚戚，不可自抑。

我知道，万般回不去啊，可也总有千种滋味，是我们年少时，绝对无法体会到的。

有两句旁白，让我眼泪决堤。

一句是，母亲为了叛逆游行的女儿不被抓走，脚趾全是血地在滂沱的大雨里哭着下跪求两个便衣，女儿流下了自责的眼泪时：

"人真的是能变强大的，不是守护自尊心，而是连自尊心都可以抛弃的时候。"

还有一句是，两个父亲在深夜的小酒馆，佝偻着背，一杯接一杯地喝着清酒，相顾两行清泪流时：

"那些肮脏的、低贱的、令人作呕的、伤心的、恐怖的、疲惫的，能坚强挺过的理由是因为有要守护的人们。"

是的，年少的我们总是厌恶自己的父母一脸谄媚地讨好上司的模样，总是不理解为什么父母不和我们一样有着诗和远方的梦想，甚至残酷地埋怨为什么老天爷要把我生在这样的家庭。

可那时的我们，又怎么会知道，父母为了我们放弃了诗和远方，父母为了我们抛弃了曾经也是捧在手心的自尊心，父母为了守护我们被一锤又一锤地敲打着却还是使劲挺起身板。

我们哪里会懂得感恩，懂得珍惜。

突然笑了。

还记得少年时的自己，对着妈妈一板一眼地说："我以后的人生理想是当个百万富翁，我要做大老板！"

十年过去了，百万富翁早已不值钱，而这个理想也随着缩水的货币一块销声匿迹了。过去的十年里，我一点点从一个凡事都对结果不甚满意、对自己充满苛责的倔强姑娘，变成一个凡事都用尽全力却对结果淡然的成熟姑娘。

我其实并没有想通，为什么以前的自己，不在乎过程，却在乎结果，因为一个结果而否定掉自己全部的天赋和努力。

可我想明白的是，长大后的我们，磕磕绊绊、跌跌撞撞，总算知道生活不是随心所欲，不仅无法随心所欲，还总是在你难的时候雪上加霜，在你疼的时候再撒一把盐。

这样的我们，也竟然渐渐知道了"知足"二字怎么写。

知足，不是碌碌无为的自我安慰，而是拼命之后的得之淡然，失之坦然。

我们就这样，成长为必须要自己对抗这个残酷世界的懂事模样后，才发现，过去的自己，对抗了帮我们抵挡这个世界暴击的人们。

我们也在风风火火、认真用力地奔跑着穿过那条叫作"青春"的隧道以后，看到了一个完全不同于隧道那头的紧张世界，再也不是那个小鬼。

我们可能在对抗暴击和用力奔跑的过程中从未掉过一滴泪，偏偏在抬头和回头的一瞬间，意识到现在的自己有多么好，而过去的自己又有多么糟糕。

人不就是这样吗？"有时，发现自己咬着牙走了很长的路。有时，也可能因一句话就泪流满面。"

我知道我们的时间随着长大越来越少，我知道我们的心焰随着变老越揉越碎，我知道我们的责任随着年龄越来越大。

可是纵使长大和变老，真的万般不好，也总有那些好。我们学会感恩，我们学会知足，我们学会珍惜。

如果我能穿越回年少时的那个夏天，我一定会摸着那个一心想做世界救世主的少年的头说："你别慌张啊，虽然长大后不会去拯救地球，但会有很多人喜欢你，陪着你。"

趁还来得及，好好爱

发小的爸爸得了癌症。

胰腺癌，发现的时候已经是晚期了。

上海、杭州、武汉能去的医院都跑了，检查了好几次，手术也做了好几次，最后医生还是说："只有三个月的时间了，今年好好地过个年吧。"

意外之所以叫意外，因为它总是来得措手不及。

等我见到她的时候，那个活泼爱玩的姑娘像是老了十岁。

"你来啦。"

"嗯，"我问道，"叔叔怎么样了？"

"舌头已经麻木了，说话有点结巴。"

我不知道该如何安慰，张了张嘴，一句话也没说出来。

"他一直跟我说对不起，说下半辈子不能陪着我了……"她把头扭向了另一边，不让我看到她的脸，半晌没有出声。

认识了十多年，这是我俩之间第一次这么沉默。

"明天爸爸让我一起去遗产公证处。"她突然又开口，"把房子和车子都归到我的名下。"

她的眼泪终于再没忍住，呜咽着："每年我爸都催我学车我都不听，到现在我还没学会怎么开车，可再也没有人催我了。"

我的眼睛生疼，胸口像被重重捶了一拳似的，喘不过气。

想起两年前，疼爱我们的姨妈被一场突如其来的车祸夺去了生命。

表哥从外地赶到的时候，几乎是跪在了急诊室的门口，泪流满面。

当急诊室的灯熄灭，医生出来摇摇头的时候，表哥和姨父这两个快一米九的大男人，就这么颓然地一个跟跄着坐在了地上，一个摇晃着靠在了墙上。

表哥止不住地流泪："昨天我不耐烦地挂了我妈的电话，没想到那是我最后一次听见她的声音。我到底是在忙什么啊！"

另一头的姨父，靠在墙上，把头埋进自己的双膝，肩膀抽搐着。

长长的走廊只剩下沉默。

几天后在葬礼上见到表哥时，本就骨瘦如柴的他像是又蜕了一层皮。面对家人的安慰，他勉强挤出笑容，看着我们说："我最难过的是，为什么这些年，自以为春风得意四处奔走，花许多的时间在无意义的应酬上，却不多花点时间陪陪我妈，连最后一次买家具我也没陪着她。我总以为还有很多时间，可是意外，比我想象的来得更突然。"

他痛苦地闭上眼睛。

那是站在旁边的我第一次无比真切地感受到，突如其来的生离死别，它比任何一种感情的告别都来得让人后悔与撕扯。

我不确定如果此刻我的亲人突然离开我，我还能不能好好地没有悔恨地过完这一生。

就在几天前，一个长期晚睡晚起的朋友在朋友圈晒了多日的早饭，每天一碗面。

我好奇地逗他："你这是有女人了？性情大变啊！"

他回复了几个字："这是奶奶做的面。"

"啊，太幸福了。"

"其实我作息本来不怎么规律，很多年都没怎么吃过早饭了。回家的时候和奶奶一起烤火，只见她突然叹口气说：'时间过得真快，你马上就要回上海了，这次回来都没能给你好好煮上碗面条。'我心里就好像被最温柔的力道给提带着，不知道该说什么。

"我突然意识到，我身边坐的这个白发苍苍的老人，她不会用手机、电脑，也不会说我爱你，她每年盼着能见到我，给我煮碗面的日子就这么些天，我却还是任性地错过了。"

那天听他说这些话，感触并不那么深，可今日却也同样被不知道是什么的力道提带着，一颗心揪在那里。

我想我是体会到了那种突然知道珍惜的转变，皆因意识到过往错过得太多。可我又不知道这样的转变是否真的刻骨。

记起那年在滇藏线上，躺在稻谷堆中，看着满天压在头上的星星，感慨劫后余生时，同伴问的"那一刻，你最害怕的是什么"。

我说我最害怕的是，这些年为了自由，流窜在世界各个角落，都没有好好地陪过孤单一人的妈妈。我害怕失去我后，她没办法好好活下去。

我说回去以后一定要第一时间去看我妈妈，多花时间陪伴她。

言犹在耳。

可几年过去了，我离家越来越近，却依旧还是把我生活中排到最末梢的那点可怜的时间分给她。

在她之前，有工作、有恋人、有朋友、有旅行、有应酬，还有无所事事。

好了伤疤忘了疼的我安慰自己，陪伴家人的时间还很多，岁月还很漫长。

直到听到发小的哭泣，直到想起那最后一面都没见上的姨妈，直到看到朋友那一碗又一碗名为珍惜的面，想起已经不记得是多久前回家看妈妈，她有点伤心的那句"妈妈记性越来越差了，真怕哪天得了老年痴呆症给你添麻烦"。

匆匆忙忙地拿起电话，确认听到对面那一句带着点欣喜的"喂"，稍微安下点心。

我不得不承认，活到这个奔三的年头，自以为可以吆喝起自己的人生，生离死别却是我那么多选项里，唯一一个完全不能掌控的。

虽然我很不喜欢那种老人以颤颤巍巍的背影和落寞的表情，坐在一桌子菜肴前等归家的孩子的公益广告，可我也没办法否认，我以为很酷的爸妈或许真的在等我回家，我以为很快有好日子过的家人也许还没享到我的福就永远地离开我了。

一想到这种无法通过任何努力、任何拼命去改变什么的悲观结局，我不得不质疑自己，我现在所做的一切，究竟是为了什么，难道就是为了突如其来的后悔和预见的遗憾吗?!

有些人说，生活就是一道料理，酸甜苦辣。

可有些时候生活和料理又不一样，生活是一边生火一边煮食，希望有时，失望也有时。

希望和失望，都不失征兆，是我们能承受的。

而意外，永远可能比我们想象的来得更突然。它让人无法接受。

我们的父母和其他亲人，可能就在一个被挂掉的电话里，一个被忽略的节假日里，一个转身的时间里，永远地跟我们告别了。

是的，可能真的是永远。

而这没有来得及好好说再见、留有遗憾的告别，往往比我们以为的更漫长。

就像是韩寒电影里说的那样："跟人告别的时候吧，还是得用力一点。因为你多说一句，说不定就能是最后一句；多看一眼，弄不好就是最后一眼。"

听到一位父亲在和儿子吵架后，背对着我们说：

"下辈子，无论我们爱与不爱，我们都不会再见了。"

戳中泪点。

这辈子，就算再烦，也请多一点耐心。就算再忙，也请多回去看看。

趁还来得及，好好爱。

永远不要仗着被爱而成为可怕的人

好朋友来找我，在普吉岛的海边哭得像个泪人。

她和她很爱的男朋友分手了。

过年前他提出他很累，两个人该冷静分开一阵子，为了他放弃许多的她听到后当下觉得悲愤交加，用尽全身的力气打了他，打得自己浑身都痛，然后一边说恨他，一边撕心裂肺地哭。

她以为他会心疼、会想她、会来认错、会和以前几次吵架一样和好，最终过了个年在家反省，觉得自己做得不对再去找他，可是一直很爱她的他却决绝地说不可能。

她红着眼睛看着我说："我知道错了，我真的是太冲动了。可是他说我好可怕，他说伤疤太深他会记得一辈子。他说回不去，过不去，也不再相信我说的未来和以后。我真的那么可怕吗？"

说罢，终究还是没忍住，抱着自己哭到抽搐，让人听了心碎，跟着红了眼。

我一时不知道说什么好。我了解他俩，都是善良勇敢的人，两人之间除了年龄还有社会地位的很大差距，仍然奋不顾身地彼此相爱，曾让我一度感慨又相信爱情了。

我相信好朋友真的只是一时冲动，而我也相信，那个一直以来承受这些压力的我都能看出来很爱她的男生，这次是真的觉得，回不去，过不去，也不再相信未来和以后了。

我没法感同身受地说朋友到底是不是"可怕"，但我想，"可怕"这个词，应该是一个曾经觉得自己爱人可爱的男人，能说出的最严重的词语了。

我当然理解朋友听到这个词语内心有多痛苦，我也实在没法再忍心说什么。

但事实上，她那时的面目，即使算不上可怕，也绝对是可憎的。

那个自己一心爱着的人，像个幼稚又可怕的困兽用力打着他的时候，我想他的心里应该是被撕开一道又一道的血口的。这恐怕是以后再多的爱，都无法弥补的伤害。

回想我们自己，又何尝不是这样。

常常仗着自己被爱着，无论是对爱人还是对家人，都肆无忌惮地口不择言，无所顾忌地伤害对方。

我们天真地以为他们永远都不会离开，永远都不会抛下自己，可正是这种其实来得毫无根据的安全感，把我们变成面目可怕又可憎的人。

谁又是真的不会离开谁的呢？谁又是必须待在一颗炸弹身边伤痕累累地过一辈子呢？

再深再亲密的关系，也终究是会被伤害一点点磨灭掉的；再多的爱，也终究会在日积月累的伤害里成为过不去的坎。

我想起自己总是不耐烦地对父母说："不知道。""我不是说过了吗？"抑或是没好气地对男友说："你怎么那么笨！""你别来烦我，我忙着呢。"

总之就是不能好好地回答对方的问题或是温柔地回应对方的关怀。

许多吵架的夫妻、情侣和父子，大多也是由于连自己都没意识到的不好好说话，一方埋怨对方不够重视，另一方责备对方锱铢必较，最终在吵吵闹闹中不欢而散。

其实，那些我们以为的别人对自己的不重视，不过是因为我们对自己太重视了。自以为是地认为我们说过的每一句话，别人都必须牢记在心，如果不是，就委屈矫情得不行。

可忙碌疲惫的工作与生活，谁都难免会有疏漏。哪怕是十分爱你、珍惜你的人，你也不能强求对方把你的每一句话、每一个字听进耳里、记在心里呀。扪心自问，你又能做到把对方的每一句话、每一个字都不遗漏，每一点小情绪、小低落都看在眼里吗？做不到的。

寸步不让的我们，都是只希望整个世界温柔地对待我们，却不曾温柔地对待整个世界。

我们常常对不亲近的人彬彬有礼、尊敬有加，却对自己熟悉、亲近的人，任意伤害、口无遮拦。

那个曾经也得理不饶人、仗着对方爱我、疼我就寸步不让的我，也是现在才明白，有那些去苛责对方的时间，不如用在耐心地聆听和好好地经营爱和生活上。

我看着哭得快要晕过去的朋友，除了说会过去的，其他纵有千言，也只能默默写下。

我心疼她，也心疼他。我不知道他们还有没有可能，但我知道无论如何，她以后应该再也不会伤害身边爱她的人了。

这个世上的伤害，大多都不是因为恨，而是与爱挂钩的。

因为爱，我们肆意要求，我们自以为是地要改变对方；因为被爱，我们张牙舞爪，我们面目可憎地伤害对方。

千万不要因为爱，就成为自己讨厌的人；

也千万不要仗着自己被爱，就成为那个可怕的人呀。

最大的本事，就是陪了你一辈子

飞三亚的航班很奇怪，我在坐下的一瞬间以为自己买错了机票，前方目的地是宇宙养老院。

机上差不多一半是老人。我旁边是一对六七十岁的夫妻。

我因为头疼一直闭着眼按着脑袋，旁边的爷爷轻轻拍拍我的胳膊："小姑娘，你是第一次坐飞机，不习惯吗？"

我睁开眼，是两张关切的脸。我摇摇头，还没来得及说不是，他又接着说："我们也是第一次坐飞机，我老伴也害怕呢。"他抓着身边奶奶的手，拍了拍又皱皱眉。

"对了，小姑娘，飞机上有降落伞吗？"我一愣，仔细想了想每次都会放的安全须知："每个人都有救生衣在座位前方底下的，降落伞应该也有一些吧。""嗯，那就好，我怕出什么事，有就好，我老伴就没事。"他脸上稍微舒展了些。

我扑哧笑出来："您可别吓唬奶奶。哪儿会出什么事呀？"

他不好意思地笑笑，低头使劲晃了晃奶奶的安全带，看绑紧了没。

我以为他们只是一对第一次坐飞机的普通老人，却完全没想到，接下来的一路，我几乎是被这对老人喂了一路狗粮。

飞机起飞的时候，奶奶说耳朵疼，爷爷着急地给她捂住，发现没用，不停地给她揉。

时不时地把保温杯拿出来给奶奶倒杯热水喝。

来飞机餐的时候，一点一点把饭里面的洋葱挑出来，眯着眼自言自语："我这个老伴呀，几十年前就不吃洋葱，也不知道什么毛病。"然后一脸宠溺地把盒子递给她。

遇到气流飞机不停地颠簸，第一时间把奶奶搂在自己怀里。"别怕别怕，我在呢，要死也有我陪着。"

奶奶要去上厕所，爷爷走在前面，一步一步搀着她过去，哪怕自己也站不大稳。

吃完饭，掏出包里保鲜袋包着的柚子，剥好皮，掰成小块，一块一块递给奶奶。

飞机"轰"的一声落地后，爷爷问奶奶，下次还想坐吗？奶奶说："你陪我，我才坐。"爷爷一脸骄傲地回头跟我说："你看，她就是这样，去哪儿都要我陪。"脸上是抑制不住的笑容。

我的眼眶就这么一路潮湿了几回。

无论哪个年代，其实都不缺诱惑，也少不了琐碎和争吵，可几十年的光阴，他们就这么爱着，一秒又一秒。到头发花白，牙齿松动，他依旧把她宠成个丫头。

我突然想起另外几对让我印象深刻的老夫妻。

在冰岛的时候，住在一对夫妻家里。他们没有太多温情的对话，可是却是另一种让我燃起希望的互相扶持和陪伴。

我印象特别深的是，我离开的时候，房东大爷摘了两棵草给我，说这是冰岛独有的植物，叫 Link，和我的名字 Lingkai 一样。我惊喜地屁颠屁颠地各种拍照。房东太太在一旁笑眯眯地看我折腾完后，慢条斯理地说："你年轻时追我，也是摘了两株草，说草的名字叫 Join，和我的名字 Joye 一样，这么多年了，你骗姑娘的把戏还一样！"说罢他俩相视大笑，穿着短袖在零摄氏度的空气里相拥而吻。

去年冬天的时候，他们给我发来邮件，说大雪封了山，他们出不去，也没有足够的食物了，给我分享几张冬天冰岛的照片。我以为我即将看到的会是冰岛了无生气的样子和忧愁的他们，可事实上我却看到了两个不能更开心的大孩童。他们居然挖了雪，在家门口泡起了温泉！他在她的镜头前像胜利的战士一般挥起铲子，她在他的镜头前美丽地举起酒杯。

那一刻，我终于明白，为什么我无意间闯入的远离城市几百公里外的他们家，每日只有彼此相对的他们，却仍能如此相爱。难挨的日子，他们苦中作乐，看到的只有彼此好的那一面，始终笑着相伴。生活的每一种样子都让人期待。

啊，还有一对。

我蹲在米湖路边哭的时候，一对夫妻走过来，头发花白的男人对我说"Life is good（生命美好）"，笑着递给我特地去旁边商店买的玩偶。

我回过神的时候，他们已经走了。我赶紧追上去感谢，他摇摇头说没事。他拥抱我，拍拍我的背说"Love is strong（爱情是坚强的）"，在耳边重复，"Love is strong"。

然后他深深地拥抱他的妻子，彼此充满笑意与爱意。在我面前，抱了足足有一分钟，互相在耳边说着我听不懂的语言。

然后搀扶着走进寒风里，四季如春。

我怔怔地看着他们的背影好久。原来好的伴侣，像水，融于水；像光，点亮光。

还有许多我来不及记录下的瞬间（比如在飞机上），是那些老人向我们证明了爱情。

这个世界每天都上演着背叛、分手、翻脸、仇恨。

可看到这些，又有什么理由叫嚷着再也不相信爱情了呢？

让我们在新的一年，一起用力地、更用力地相信爱情。

面对复杂，保持欢喜

说句实话，进入餐饮行业，应该是这些年来对我人生观挑战最大的一次。

在这之前，虽然并不是只读圣贤书的好学生，也耳濡目染了许多身为普通老百姓只能感慨的社会乱象，但仍然还是个觉得人间正道是沧桑的上进少年。

而这两年在餐饮行业的摸爬滚打，目睹了外表光鲜亮丽实则刻薄不轨的刁钻顾客，胡乱撒泼拿刀子威胁的供应商；商场各色环节花样百出的层层腐败，竞争对手不择手段的明枪暗箭……

形形色色的人间百态，都让鲁钝的我，每次在被戳了几刀后还不知晓，非得经人提醒才恍然大悟，啊，原来如此。

从一开始的愤怒怎么会有这样的人，到后来的不解为什么会有这样的人，我经历人生观、世界观被挑战所必经的内心折磨。我抗拒、冷漠、愤懑，一度对这个黑暗的社会失望，变得消沉、颓废。

这过程中，我被无数次地嘲讽"你也太幼稚了""你不懂，你什么都不懂""你太不成熟了"。

嗯，是的，有很多"成熟的人"不断地用这种方式，让我这个不懂事的家伙以为自己错了，自己的人生在这样错误方针的指引下，会越错越多，会永无出头之日。自己现在的不断碰壁，就是因为自己不够"成熟"。

"成熟的人"永远在告诉我，存在的就是合理的，而合理的就是不必追究的，不必改变的。

"成熟的人"还告诉我，这个世界无商不奸、无官不贪，所以战胜坏人的唯一方式就是成为更坏的人。

"成熟的人"告诉我，别老问为什么。只有天真没有出息的人，才会无穷无尽地追问着这个世界的道理。

而我也一度摇摆过。

我知道的很多人，最终还是变成了自己讨厌的模样。而我，曾嗤之以鼻。

所以那一阵子的我，既不甘心自己竟然被这些肮脏的人打败，也对自己居然怀抱着不如自己也以儆效尤的想法而觉得羞耻不已。

我就这样在愤怒、不甘、认命、以牙还牙的可怕心态里龇牙咧嘴地生活了几个月。

直到看到一本书上的一段英文：

Life is struggle，be willing to do，be happy to bear.

翻译过来就是：

活着是一场折腾，甘愿做，欢喜受。

多么平静却有力量解决所有不安与不平的一句话啊。

我突然有点释怀了。

之所以不能接受与我不一样的人，不能接受对我不公的结果，或许就是因为我不能欢喜地受。

我们总觉得，努力了就该获得回报，付出了就该收获真心。如若不是，便觉得世界不公。

这是不是本身就是一种不够投入、不够真诚的努力呢？似乎在我们的人生里，做，是有目的的。

那我们，岂不就是那"成熟的人"吗？

真正天真的努力和付出，应该如同上面的谚语所说，甘愿做，欢喜受。

我做，是我心甘情愿，不求任何结果；既然没有任何期待，那无论过程复杂与否，结局好坏，都是我可以欢喜承受的。不是吗？

想明白这一点以后，我开始比较坦然地接受这个世界上有很多和我不一样的人，我也开始接受我改变不了世界的事实，当然，我也开始学会收敛自己的怒不可遏或者不屑一顾。

这个世界可能真的无商不奸、无官不贪，并不是"成熟的人"所说的存在即合理无须改变，而是暂时没有那么大的能力可以改变。如果战胜坏人的唯一方式就是成为更坏的人，那我可能一辈子战胜不了坏人。但我相信会有人找到另一种更好的方式战胜坏人。我能做的，是做那为数不多的不奸的商人。

在那些曾经对我的执拗摇头扼腕的人看来，我变得懂事了。

只有我知道，我变得对于好坏更欣于接受，也对于不堪更愿意承受了。

我们的客服有一天被竞争对手的水军接连恶意差评气得吃不下饭，问我能不能给预算他也要去以牙还牙；我们的店长因为竞争对手的恶意投诉导致关店，愤怒地说为什么我们是最正规的却忍气吞声不用同样的做法搞垮一片；我的助理因为商场各个部门的层层剥削让我曝光他们……

换了以前，我估计是撸起袖子，第一个冲到前头去找他们算账的。

而现在的我，只是摇摇头，劝住愤怒的他们："没必要成为自己都鄙视的人。好好做自己的事，做好就行了。"

我不知道，我这样的行为，在当年初出茅庐扛着正直大旗的自己看来是不是算纵容。

但起码我不再怀揣着一颗随时会爆炸的心脏，去指责这个世界的不公，或是去鄙夷和我不一样的人。

E. B. 怀特在他 58 岁那年写道："我生活的主题是，面对复杂，保持欢喜。"四年之后他又在对《纽约时报》的声明中不厌其烦地强调这一点。

令他欢喜不尽的所谓复杂，即生活本身，即琐碎的一切。

而那些让我们厌恶的事情，本来就是工作和生活的一部分呀！

既然决定做，那就放下一切期许，单纯地去用心做。

既然知道会有好结局也会有坏结局，那也放下一切委屈，开心地去承受。

不记得是谁说过了，我们深知世界的复杂、黑暗和荒谬，依然选择面对复杂，保持欢喜。

可不是嘛，生活再蹩脚，也不能沉沦呀。

毕竟，无论能否胜利，我们还要与这个肮脏的世界，打一场绵长冷静的战役呢。

这世上最不功利的事

前几天我一个朋友说去学习埃及语了，兴高采烈地发了他在埃及学院的照片给我，我一愣："你学这个干什么？有什么用吗？以后教埃及语赚钱吗？"

他也一愣："为什么一定要有用才学？赚钱才有用？"

呃。

对哦，前几天我还对问我"学跳舞有什么用"的人义正词严地说"没啥用，但是我开心！"，怎么一转身，自己也犯了这个"有用主义"的毛病。

该死该死。

细想一下，也不能全怪我们。这种"有用主义"几乎贯穿着我们成长的全部过程吧。

考个好中学，考个好高中，考个好大学。十岁开始，高考就被摆在面前了，做一切事情的目标，都只是考个好大学，不然就是浪费时间，就是对不起列祖列宗。

年少的时候虽然反感，但是还真的除了赌气，说不上话来。

是啊，我也知道我学那些游戏、滑板、画画，对于考个好大学，怎么都是没有用的。一切爱好，都被暂且放到一边，被反反复复的一句"等上了大学，你爱干吗干吗"的谎言宽慰着。

可谁承想，十年磨一剑，十年也能磨掉一个人的不假思索。

后来渐渐地，我们也养成了习惯在做一件事情前，去权衡一下，有没有什么用，是不是能帮我考个好成绩？是不是能帮我找个好工作？是不是能让我赚钱？

于是，我们中的大多数人，变得专注于如何打造一份光鲜的简历，而不是真正思考如何成为一个独立完善的人。似乎找到一份有着 big name（大名鼎鼎）的工作就是成功。

可是当自己逐渐在每日盲目的追逐中清醒过来时才发觉，其实，一个人究竟是否能够做点大事一定是和这个人的底蕴密切相关的，而底蕴来自积累。

积累在我看来，不外乎不浮躁地读书、不势力地交友、不炫耀地远行。

这三点，统统都不功利。

都不是抱着有用的目的去做的。

但它们，却最能带给你平静和力量。

蔡康永曾经说过，不要问我，学这个有什么用呢？人生并不是拿来用的。理想、爱情、正义、尊严、文明，这些一再在灰暗时刻拯救我、安慰我的力量，对很多人来讲"没有用"，我却坚持相信这才是人生的珍宝，才禁得起反复追求。

是啊，学习本身，就不只是为了建树，人生本来，也不是拿来用的。

哪怕我们学习的事物，真的对于我们的物质、事业、名利带不来直接的帮助，它们也一定在心里铺就下了一片土壤，一片永远不会贫瘠和荒凉的土壤。

这个时代，其实已经给予了我们大量"不用学习"的权利。我们不一定需要学外语，因为世上有无数译者和字幕组，会把东西译好了给我们；我们不一定需要学做饭，因为世上有无数餐馆，可以把饭做地道了给我们吃；我们不一定需要读书，因为总会有无数的《一周教你读懂黑格尔（或瓦格纳、波提切利、韦伯、以撒·柏林、昆德拉）》出来，让我们一目十行。

但是……怎么说呢？

就像前阵子网上很火的段子，当你失恋时，有的人会说："人生若只如初见，何事秋风悲画扇。等闲变却故人心，却道故人心易变。"有的人却只能说："蓝瘦，香菇！"

你吃一碗回锅肉，可以觉得"这青蒜苗很好，这肉一定是臀尖的，这肉煮得火候稍过，但这样一来豆瓣酱就不至于太齁……"，也可以单纯觉得"这碗肉真好吃"。后一种心情其实就可以了，除非你是专业美食评论家；但前者给了你一种选择：你的感受，可以比"真好吃"多一点其他可能。

你看一部小说，可以觉得"这个结构真是精美，这个视角真是绝妙，这个高潮点设置得真是好，这段长句的使用真有韵律美……"，也可以单纯觉得"这本书真他妈好读"。后一种心情其实就可以了，除非你是专业文学评论家或者小说家；但前者给了你一种选择：你的感受，可以比"真好读"多一点其他可能。

你看一场球赛，可以觉得"这个战术落位很聪明，这次防守战术变换很及时，这个换人太聪明了，这一连串的反击路线跑得好……"，也可以单纯觉得"这球赛真好看"。后一种心情其实就可以了，除非你是专业球评人或者教练；但前者给了你一种选择：你的感受，可以比"真好看"多一点其他可能。

王小波认为，世上有许多东西值得学，不一定因为它们有用，但因为它们是好的。

世上有许多东西值得学，不一定因为它们能立刻起到作用，还因为绝大多数知识，到最后都可以提供给你乐趣——有些能够立刻兑现，有些却不知道要到什么时候，但早早晚晚，总会让你觉得生活比原来有意思。

这世上最不功利的事是不浮躁地读书、不势力地交友、不炫耀地远行。这才是真正可以陪伴一生的财富。

它们都是一副纯真模样的学习本身。

而且学习应该也是这个世上最不会背叛和辜负你，也最公平的事情了。

你学了，就总有长进；而你学到的，总会伴随你一生。

把生活过成一首诗

我不知道"作"这个词是什么时候出现的，但其顺利地成了一个贬义词，并且常用于形容女性。

我没有深入思考过这个问题，也不止一次地评判某个我并不太喜欢的人"作"。直到出现越来越多的声音评价我和我的朋友们"作"时，我开始有了一种检讨和自我检讨的严肃感，陷入了如"我是如何成为自己鄙视的人的"沉重议题一般的思考。

从小到大，我一直都是个活得蛮糙的人，大大咧咧是出现在我身上频率最高的形容词。

都说性格来源于家庭，可偏偏我妈是个和我完全相反的存在。

从小到大，印象最深的就是她那几口钻进去绝对够玩躲猫猫的大衣橱，琳琅满目的时髦衣服，整整齐齐地分门别类。大衣一口橱，开衫外套一口橱，衬衫和羊毛衫一口橱，夏天的连衣裙一口橱，长裙一口橱，连围巾帽子手套都有专门的一口橱。我爸经常在妈妈添置衣物或者出门前一遍遍试穿衣服照镜子时，在门口不耐烦又鄙夷地抱怨："怎么会有这么麻烦的女人。真是烦死了！"

"麻烦"这个形容词，应该就是那个年代里的"作"了。

这么想来，如若是"作"，妈妈应该也很讨人厌了？

可我想了一下，虽然她性格柔弱，容易纠结，生性爱哭，还总是一惊一乍地事多，可是她身边却总有着疼爱她到令我诧异的朋友们。而且在我的整个成长期，都是关于她知性优雅、得体有品位、有眼光的褒奖。

想起断断续续听说过关于她的传闻：她是小城里最早穿洋装、最早接触外来事物也最有话题性的女人，一袭红色羊毛风衣，一头烫卷的头发，一双恨天高，长了一双好看的大眼睛却仍孤身一人跑去上海开双眼皮，拒绝所有名门子弟的追求和一个农村穷小子结婚，一辆一千多元的公路赛车做嫁妆……她一度成为20世纪80年代初那个南方小城最出格、最时髦、最有争议的人。直到如今，讲这些话的人们都是一脸赞叹和不可思议。

这些事，无一不"作"。在物质匮乏人们重温饱的年代里，更加如此。那个时候，人们对于她的评价更多的是"她太讲究了""她太不知足啦""她太自作主张、自以为是啦"。

而很多事如果从结果来看，更是符合现在"不作就不会死"这句话。

比如她开双眼皮失败反而没有以前好看了，比如她选的穷小子对她并不好也不爱她，等等，人们的议论自然而然就是"你看她当初自作主张，现在活该了吧"。

我妈倒是毫不在意，依旧自作主张着、吃亏着、高标准着，不管周遭人的看法。人们依旧不解着，遗憾着，也羡慕着。

想到这儿，我突然一激灵，所谓的"作"，可不就是"自作主张"嘛。

就像我现在觉得"作"是个贬义词一样，我也曾经以为"自作主张"是个贬义词。

可事实上，我们每个人的生活方式、生活状态、生活选择，本来就该自作主张呀。这个被父母常常用来责怪孩子的词，其实是多么高明、多么正确的人生准则啊。

那么到这儿，我的思考也就有结论了。"作"又何尝不是一种赞赏呢？我们把它当作贬义词，无疑是被误导了，以偏概全。

我们说女生"作"，常常都是基于一种"她是在假装，她是在扭捏作态"的纯臆想假设，毫无依据。

而大多数被我们长久称为"作"的女生，都特别懂生活也特别会生活。那些胡搅蛮缠着男朋友撒泼不讲理的，其实是被称为"作"里的少数。

我也猛然发现，曾几何时，我身边很多好朋友都是外人眼里很"作"的人。

我有个好朋友 Cherry（彻丽），任何不熟悉她的人，可能都会觉得她"作"。你看每次做饭做菜都得漂亮地摆盘拍照发微博，买点什么好东西也都得分享出来，出门要坐头等舱，平时举家出去吃饭要挑好餐厅，哪怕生了女儿也是每天自己做辅食分享到微博，为了给孩子一个好的成长环境用尽积蓄在自己爱的普吉岛买了个大 house。总会有人酸溜溜地在底下评论，怎么那么"作"，怎么这么讲究，不就是有几个臭钱吗？

我这姐们也是一点不让步地怼回去："我花我自己赚的钱让我自己过得好点、让我女儿吃得好点，怎么了？说这种话的，你有钱估计也过不了这样！"

对啊。骂得真解气。

她的一日三餐就是如此，她的生活就是如此，她的育儿就是如此，根本就不是假装。这种对自己好，对生活质量有追求的"作"，早就融入了她的骨、她的血，是她最真实的样子，即便是在她每个月赚几千块钱，住着非常狭小的出租屋的时候，也是如此。

　　我还有另一个女朋友 Joyce（乔伊丝），单身的她，常常会自己去餐厅吃饭时点一杯红酒、一份丰盛的餐食，一个人慢悠悠地吃。我有次因为有事去她吃饭的地方找她，站在大堂里正在张望的时候，听到旁边桌有人说："你看靠窗那个女生，好作啊，自己吃饭还点杯红酒，估计是为了发朋友圈吧。"往靠窗那儿望去，果然是她。她正怡然自得地低头切着三文鱼，时不时抿一口红酒。

　　我就这么像看着一幅画一样地，在原地看了几秒。开始为自己曾经也如同旁边桌的人一样瞎判断而汗颜。

　　人家自己不觉得麻烦，过得精致漂亮又尽兴，人家自己为自己的选择和主张买单，我们替他们瞎操什么心？为什么觉得对方麻烦又"作"，还自以为是地替对方遗憾"她这个人啊，就是太讲究"？

　　而 Cherry 和 Joyce 无疑也潜移默化地影响着我们这些身边的朋友。

　　因为她们，我也开始注意干燥的冬天用香喷喷的开心果做成的护肤乳，开始用贵却好用的厨具，开始关注人身保险，开始不再是那个"脚踏山河穷游"却落得一身伤痕和病痛，依旧以"大大咧咧"为豪的糙人。

　　我想这是我开始喜欢跟"作"的女生做朋友的原因。

　　很多时候，决定你生活品质的不是钱和物质，而是你的生活态度。我们鄙夷"作"，往往因为我们对生活的态度不够认真。

　　生活本身就是一面镜子，如果你对生活没想法、懒得折腾，生活回报给你的就是索然无味；你若对生活有追求、对自己好一些，生活回报你的是处处欢喜。

　　有的人过得乱七八糟，脏衣服遍地都是无处下脚才想起来洗；用过的碗筷要存到有臭味时才刷；一有空就宅在家里，垃圾食品不离手；熬夜到凌晨不睡，早上眼看着要迟到才起床。这样的人的确不"作"，甚至可以用"随意"来麻痹自己，但实则是对生活根本不用心，对自己根本没要求。往往工作不会如意，感情也很难顺利。

而有的人会有条不紊地安排好自己的时间，即便是住出租屋也会把家里收拾干净；会有长期坚持的生活小习惯，比如坚持锻炼、早睡早起、每天读书、穿着得体地出门；有喜欢的东西就要买，即便要攒很久很久的钱。如此用心地生活，才算是真的没有辜负生命。

大部分人缺失的根本不是钱，而是对生活的热情、对美好生活的向往和追求，以及这些强烈的追求和热情所激发出来的奇思妙想。

而后者，却被我们误定义为"作"。

林清玄曾说，真正的生活品质，是回到自我，清楚衡量自己的能力与条件，在这有限的条件下追求最好的事物与生活。

其实无论是否有钱，到多大的年纪，都应该如我妈、Cherry 和我身边许多"作"的女朋友一样，物质的匮乏和周遭的声音，都不妨碍她们爱惜羽毛，滋养气息，稳步前行。

她们认为理所当然的东西，直至 80 岁，也还是会不惜一切；她们觉得不值得在乎的事情，从 20 世纪 80 年代初到现在，依然没有变过。

她们"作"，却"作"得自己做主、自己生活，"作"出令人艳羡的自在快活。

她们比眼下任何一个少女都更清澈、明晰。

我为什么喜欢和"作"的女人做朋友呢？

因为她们让我学会原谅这个世界，哪怕它对自己再残酷，都有自己可以好好对自己。

外面哪怕再纷乱，生活和家依旧美好。

她们让我知道，你可以不会写诗，但是你可以让生活过得像一首诗。

什么是真正的优越感

一个想要找我合作直播的人约见面，因为在晚饭时间，就约在自家店里吃。但对方并不知道这是我的店。

A 小姐是个比我大的女生，从通过别人引荐和我沟通时起态度一直就非常有礼貌，今天又提前了几分钟等我，而且穿着打扮很有品位并且得体，当下就觉得此人真是素养不错。反而相比之下穿着板鞋、牛仔裤和嘻哈风外套出现的我有那么一点点的不像话。

五分钟后，我叫服务员点餐，她很娴熟地报出了一些沙拉的英文名，并且提出了一些听上去蛮专业的比如多加一点罗勒叶的要求。嗯，我在心里暗暗想，很有贵妇气质嘛，看来是好家庭出来的。

不一会儿服务员过来给我们上沙拉，因为看到我冲他笑可能是激动了下，不小心把酱汁滴到了桌面上，她本来在微笑地听我说话的脸上顿时神情一变，皱起眉头开始说服务员："你怎么回事，能不能专业一点？"

我们家服务员小伙子并没有点头哈腰地满脸堆笑，不过还是有礼貌地说："不好意思，我马上给您擦干净。"

她没好气地翻了个白眼："专业点好伐啦，连对不起都不说。"

我打圆场说："没事没事，一点点而已嘛，人家东西拿得太多了。"服务员拿起纸巾把那一点酱汁擦掉，冲我笑着说："真抱歉，下次一定注意。"准备转身走。

A小姐很大声地说："哎！你给我站住！你什么情况，你不给我换个酱料吗？这个酱料碟边缘都脏了。你们怎么培训的啊？"

服务员仍然好声好气地转身说："我马上给您换。"

A小姐仍然不依不饶："你别忘了你是服务行业的，请你关注顾客的感受，你们要照着五星级酒店和米其林三星的标准去要求自己呀！你们这家店看来是要给个差评了！"

我本来还想忍一忍，把饭好好吃完的，听到这句话实在忍不了了。

"这是我的店，我们就是离米其林和五星级酒店差好多条街的一个普通小店，不好意思。但是我觉得店员不是故意的，只是不小心，他也已经道歉了，您是不是也别计较了？"

她听了我的话，面上有点尴尬，不说了。

接下来的这餐饭，气氛可想而知。

而我也从对她好感无比降到对她敬而远之。

不是因为我自己创业于服务行业容不得别人说不好，而是因为我很清楚：尊重比自己有能力、有地位、有实力的人，谁都能做到，而尊重比自己贫穷、比自己弱势的人，才最能反映一个人的品格。

我是从我外公身上学到这一点的。

我的家庭其实到我这辈，算是彻底地家道中落了。

但在解放前，外公的家族拥有着全中国最古老、最大的藏书楼——天一阁，外公住在有我现在住的小区几倍大的景观大院里。可以说，除了上山下乡的特殊时期，我的外公是从小含着金汤匙长大，一直过着比较优越的生活的，不折不扣的富 N 代。

但是，打我记事以来，外公对所有人都是温润有礼，一副谦谦君子的模样。

你看呀，卖菜的小贩弄脏了他的衣服想给他擦，他笑笑说没事不麻烦你了；送牛奶的人上门，他给人家一根刚炸好的油条说辛苦你了；去饭店吃饭，服务员端菜过来他得站起来去接盘子；在单位里，所有下属跟他打招呼他都是亲切得像看到自家人；明明配了专车司机可以每天接送，他却选择坐公交车或者骑自行车说为国家节省资源……

也因此，我从未把自己的外公当成一个大人物。

直到读小学前，得知原来外公家也是个名门望族，也不知是哪里来的不平和愤愤的心情，开始有了一丝本不该有的优越感。

有一次和弟弟去河边玩，在草坪放火，结果烧了半个公园的草坪，被管理员追着几条街，最后还是被逮到。看着他粗糙的大手把我弟弟的胳膊硬生生地弄出红印子，着急的我脱口而出："你是谁？你敢打我们？我让我外公收拾你！"

事情的结果是，我们俩被管理员好言好语地送回了家，却被外公罚在门口台阶上跪了一宿。跪到我妈和阿姨面无血色地赶来求情无果，也扑通跪在门口。

母亲哭着，孩子闯了祸，也不用这么严罚吧。言语中是不满、心疼和委屈。

的确，对于八岁的孩子来说，这样的惩罚着实重了些。

外公一改平日温和的语气，皱着眉头严厉地说："他们俩犯的最大错误，是把自己当成了有特权的人，以为自己高人一等，拿我的名字来压别人！我是谁？我谁都不是！我和其他人一样！你们永远别把自己当成什么了不得的人！不尊重别人的人，也别想得到别人的尊重！"

说实话，外公，就是从那一天起，在我心中树立起伟岸形象的。

在那之前，我总觉得会揪着欺负我的同学衣领大声吼"别欺负我们家女儿"的爸爸才是英雄，而好脾气、好脸色，从不跟人争执的外公只能算是唯唯诺诺。

可从那时候起，我知道了，外公之所以不用大声地吼叫也能得到如此多的敬重，是因为他对其他人的尊重为他赢得了那么多拥戴，这样的人才是值得尊敬的人。

一个人拥有可以骄傲的资本，却谦逊恭和；

一个人拥有高于别人的地位，却放低身段；

一个人拥有超过他人的能力，却甘处下风。

这才是真正的高贵。

很多人，穿着非常讲究，谈吐举止得体，也懂得社交礼仪，偏偏就是看不起"不如"自己的人。

可这些不如，往往都是由世俗的评判标准所定义的。

为什么一个端茶送水的人不如坐着吃饭的人？

为什么一个穿着普通甚至破旧的人就不如衣着光鲜的人？

为什么薪水低的人就不如工资高一些的人？

且不说很多真正有才华、有雄厚经济实力的人反而低调，就算是很普通、薪水很低、穿着破旧、工作也很辛苦的人，只要他们有独立的人格，有靠双手吃饭不卑不亢的骨气，有努力工作认真生活的态度，哪一点不如人呢？

再退一步来讲，就算对方真的在某种显而易见的水平上不如我们，我们该做的也不是鄙夷，不是讽刺，而是要有同理心。

同理心指的是，你去换位思考一下，如果今天吃不饱穿不暖处于社会底层的人是你，你希望路人对你的态度是怎样的？我想没有任何一个人希望遭到白眼。如果这样想后，你还能不尊重对方，那恐怕你才是应该遭到白眼的人。

我想起一件特别小的事，深夜出差回来从机场坐出租车回家，司机从上车时就没给个好脸色，车开得飞快，进小区的时候还跟门卫吵了几句。以往我只会在下车前说句谢谢，但那天因为在车上坐得心惊肉跳，就多说了几句："谢谢师傅啊，师傅您回去慢点开，刚才那样真的危险，一定要小心点啊，晚上开车本来就辛苦。"

司机一愣，本来有点暴戾的脸上很尴尬地扯出了一点笑容，就一恍神的功夫，急忙跑下车，帮我拿行李，然后很尴尬地搓着手跟我说："谢谢你。"

我也一愣。

谢我什么？

但抬头看到他感动得有点不自然的脸，我霎那间明白了，他平日里一定受过太多的颐指气使，也没听过几句发自内心的关心话语吧。是啊，出租车司机，在社会评判标准里，也属于"不值得被尊重"的吧？

可是他们真的不值得被尊重吗？就算他们有坏脾气，也是在日复一日的被瞧不起中渐渐被催生的吧？

就像信任可以换来不辜负被信任一样，尊重一样可以换来不辜负被尊重。

不尊重比自己贫穷或者弱势的人，往往有着莫名其妙的优越感：别人站着我坐着的优越感，别人走路我开车的优越感，别人给我推销衣服而我买名牌衣服的优越感，别人在家而我全世界购物的优越感……太多太多。

可是，真正的优越感不是来自地位、职称、成就、收入、衣着、用度，而是你褪去这所有外在的一切，是否仍然可以坚信自己还能得到他人的尊重和喜爱。

让别人舒服，才是为自己好

我在坐上出租车的一瞬间有点惊讶。

这是一辆很普通的大众出租车，可是它的后排座椅竟然特别平整，而且雪白雪白的，一点污渍也没有，干净得让我觉得自己坐上去都会弄脏这个座位。

我很小心地把包放在旁边，把牛奶握在自己手里生怕洒出来，问司机："师傅，你这车是新的？"

司机一口上海味的普通话："没有啊，我都开了快四年了！"

我一看，确实，车窗、摇柄、方向盘和司机座位后的铁栏都显示它有一定年头了。"那怎么这么新、这么干净啊？"

"嘿嘿，我两天洗一次。这是我每天待的地方啊，干干净净的你心情好，最重要我自己心情也好啊，跑得也有劲。他们老笑话我说收拾收拾驾驶座就好了，舒服了别人也没什么用。我也懒得跟他们说。人哪，太计较得失和自己的付出啊，到最后自己也什么都得不到。"师傅乐呵呵地一口气说完。

我在后排除了点头，啥也说不上来。

是啊，这么简单的道理多少人不懂呀。

我想起以前刚读大学，那是我第一次住集体宿舍，其实不太习惯一堆人一起生活，但也知道不该给人添麻烦这个最基本的道理，所以哪怕自己本身并不是个爱收拾的人，也会注意把自己的床和洗漱区弄得干净整洁。但我们宿舍的几个关系都太要好了，也都是大大咧咧的懒姑娘，慢慢地，谁都不太爱计较，所以中间公用的那张大桌子在开学一个月后都没整齐过，最常见的状态就是几个人成天大呼小叫地在小山堆里找东西。

我们都不觉得这有什么。

直到有一次不知道什么事情，我和我们宿舍的燕子去隔壁宿舍，进去的时候她们屋只有一个同系的姑娘，正在仔仔细细地擦桌子。然后我俩定睛一瞧，人家的桌子干干净净，什么乱七八糟的东西都没有，就放了几本书、一个花瓶，还有漂漂亮亮的桌布。燕子是个特别神经大条的北京姑娘，直接就嚷嚷出来了："你这儿也收拾得太干净了吧！收拾得那么干净干什么呀！给谁看啊！"

那姑娘停下手头的动作，一脸认真地看着我俩说："给自己看呀，难道你们不觉得这样每天看着心情都特别好吗？"

"那你这儿天天收拾，别人一堆东西，不还是乱了吗？总不能她们天天堆，你天天收拾吧？"

"那又有什么关系呢？让别人舒服也行啊。总比大家都不舒服好吧？"她说完，接着擦了擦桌布上不知道是谁吃什么东西不小心掉下的痕迹。

我俩面面相觑，完全无法反驳。回到自己屋，开始在另外两个人的目瞪口呆下，默默地收拾起了桌子。

说来也奇怪，每天收拾得干干净净后，谁也舍不得再往上堆东西把桌子弄脏了，我们都觉得推开门第一眼看到的是整洁漂亮的桌子是件挺舒心的事情，每个人都会有事没事地随手整理一下，不管这个区域是不是归属自己，平时用不用得到。

回想起来，我蛮庆幸遇到我的室友们，如果不是大家都愿意为了共同的心情舒畅多动动手，可能，最后就成了四年后大家互相埋怨对方懒。

我也特别庆幸遇到这个系里的同学，如果不是她的一番话，可能我要晚许久才会明白，有时候看上去吃亏，其实换来的是自己的舒适。

越长大就越能体会到，有时候看上去吃亏了、做傻事了，反而是福气，不需要抱怨；反而事事掂量着谁赚谁赔太计较，让自己同样不舒坦、不开心，才是最吃亏的。

我有个姐姐，我们最开始是通过一场分享活动认识的，她是个很懂得享受生活、很精致的女人，去她的小窝开过 party，她家也是一尘不染很是温馨，一直把她列入自己的女神名录里。去年她结婚邀请，我因为有事没去，今年她的小孩出生后，我特地买了些礼物去她新家拜访。虽然我知道生完孩子一定会有些顾不过来，但进她家门的时候还是有点错愕。

屋子里到处都是换下没扔的尿布、还没来得及洗的奶瓶和四处凌乱放着的大人衣物，曾经精致的姐姐穿着很普通、胸口还带着点奶渍的家居服一脸疲惫地来给我开门。

我把礼物放到堆满了各种零食和水果，还有剩菜的餐桌上，有点局促地想顺手把放在旁边的果皮丢到垃圾桶去，姐姐却拦住了我："你别动，让我老公回家来收拾，我这生孩子那么辛苦带孩子也那么辛苦，他倒清闲，这些活都必须给他干。你别管。快过来坐。"

我有点不太好意思地坐在了她那同样堆满了杂物的沙发上，不知道哪儿可以舒展一下腿。原本以为会是轻松愉悦的下午茶，我却在满屋子的杂乱与异味中待了半个小时就落荒而逃了。

我能理解一个女人十月怀胎到一朝分娩必定是经受了许多的苦难的，我也能理解带孩子一定是个累人的活，我觉得我未来的手忙脚乱一定会有过之而无不及。但是我真的无法理解，让自己和娃娃每天待的家乱成这个样子却仍然想着不能便宜了老公，必须得让对方也付出代价这种心态。

这就是典型的，你不干活那我也不干活全家饿死得了的破罐子破摔行为。当然我觉得那个姐姐一定并不想破罐子破摔，她应该是希望让自己的老公更多地付出，可这样的结果不但自己每天生活的环境变得糟糕、心情变得乖戾，更可怕的是，一点不难想象这个男人会惧怕回家，厌恶家里的这张明算账的刻薄脸吧。

相反，若是姐姐在带孩子的同时顺手收拾家务，让自己的爱人在回家时能够看着舒心，同时好好地跟他说有些活真的是自己忙不过来、做不了让他搭把手，我想这个男人一定会心疼并且积极地帮忙，并且还会在内心感慨娶了个如此懂事的女人，更加珍惜这个家庭。

果不其然，在后面的很长一段时间里，这个姐姐的朋友圈都充斥着一个家庭主妇的愤懑。

很多人，往往在自己独处时，可以做许多事情、付出许多辛苦；却在与他人相处时，变得计较得失，变得事不关己高高挂起。以为是为自己争取了利益、获得了公平，其实却让自己和对方一样处于不那么愉悦的氛围里。

多做一些看起来有点傻的事，多付出一点让他人感受到愉悦，很多时候也是对自己的善待呀。

终有奔走红尘时，莫忘曾经是书生

前两天有一个想创业的人给我留言说，真羡慕你是北大的啊，只要报个名头就肯定特别受大家喜欢，事情肯定都好办很多。

其实恰好相反。现在早就不是一纸文凭走天下的时候了。

若你的学历没有跟你展示给别人的谈吐、见识画等号，事情只会更难办；如果你没办法在与前辈初识时就用独到的见解、思考和能力给对方留下好印象，再高的文凭也可能会换来一句"不过如此"。

说句实话，我从来不敢主动提自己是哪里毕业的，真的，是不敢，怕给学校丢人。

归根结底，不如年少时来得有底气，来自腹中诗书的那份底气。那是即便我相对同龄人来说更丰富的人生阅历也终究不能填补的。

清明回老家的时候，跟妈妈、阿姨、弟弟一起陪外婆晒太阳聊天。一番瞎扯完，阿姨叹息着，说她刚跟我们说的一段话里有"君思我兮不得闲"，而我们居然经她提示半天才反应过来是《九歌》里的《山鬼》。

她接着说，她发樱花的朋友圈引用《浮士德》的"停一停啊你真美丽"，年轻同事们说她矫情死了；她引用《天路历程》里的"我的剑留给能够挥舞它的人"，大家说哎呀霸气……

她觉得很遗憾，遗憾的不是没人懂她，而是这些对于他们那个年代的普通读书人来说最基本、最经典的文学常识、名著诗歌，为什么我们却鲜有人知？为什么现在的年轻人都如此浮躁？

说实话，她说完我特惭愧。

我是真想不起来这些出处了，更别说让我平日里出口成章了。

究竟是从什么时候开始，我满脑子被商业模式、自媒体变现、流量品牌价值、公司估值甚至是员工薪资这些事挤得满满的，一点一点把这些"无用之事"都挤走了？

不知怎么的，我就想起"奔走红尘，莫忘曾是书生"这句话。

现在的我，也不是不看书，但因为不安，往往看一会儿便又去忙工作了，怕跟不上别人的努力呀，受不了他们的拼命加班呀。

我太清楚了，被时代的洪流和愈加快速的节奏鞭笞着往前冲，自己已经无法安心投入、不计任何代价地去读书了。

这是我每次静下心来想，都觉得特别难过的事。

红尘里摸爬滚打，渐渐忘了读书人的那份笃定。

我在忙碌的工作里，渐渐把读书归成了"对不起公司，对不起投资人，浪费时间"的无用之事。

可连读书都要计较付出和得失，盘算有用和无用的人，本是我最讨厌的功利主义者。

刘瑜曾经说过，阅读如此美好，任何功利心、虚荣心的杂质都是对它的玷污。

在我 20 岁前后的几年里，我几乎时刻提醒着自己。

就算我们来谈功利的话，读书也不像想的那般无用。

说真的，我现在常常后悔没有从小就养成一日不可无书这样的读书习惯，我甚至常常羞于开口自己毕业于哪里怕给学校丢了人。

我曾以为，足够的生活阅历和开阔的眼界，足够让一个年轻人脱颖而出，获得更多的机会。

没错，可我忽略了一点，对于肚子里半碗水或者没墨水的人而言，越往上走，越接近精英社会，就感到越大的制肘。

若未来只能让我的孩子选择一件事作为培养的兴趣爱好，我一定选择阅读。

如果说有什么东西是能跟随你一辈子的，那真的是知识和随之而来的底蕴。

带不走的金银珠宝，带不走的尘世喧嚣。百年白头之际，听不见，看不清，唯有腹中诗书在。

也正是它，能让你少时温润善良，不激进、不消沉，老时淡泊宁静，不怨怼、不讹人。

怎么说呢？学习、读书有多重要呢？

就像有阵子网上很火的段子，当你失恋时……有的人会说："人生若只如初见，何事秋风悲画扇。等闲变却故人心，却道故人心易变。"有的人却只能说："蓝瘦，香菇！"

我想记得"欲寄彩笺兼尺素，山长水阔知何处"，也想记得"念桥边红药，年年知为谁生"。

我想说出更温柔绵长的话来，有人生的体验，有生活的尝试。

宋人黄山谷说：一日不读书，尘生其中；两日不读书，言语乏味；三日不读书，面目可憎。

当你每天被琐事折磨到觉得原来实现梦想是件如此不美好的事时，你想干脆躲起来一了百了放弃的时候，要能想起来一星半点和你差不多倒霉但仍一身浩然的古人，想想一代文豪略带娇嗔的"我与狸奴不出门"，想想那跨越时空的相似性，你真会觉得，也不至于过不下去，古来万事皆如此嘛。

对于生活来说，读书当然不是绝对必须的，甚至相比温饱、金钱、事业、爱情等，它往往显得无足轻重。

可现在的我，渐渐明白，正是它，让你在经历温饱、金钱、事业、爱情等许多现实的耳光后，还能揉揉脸，踉踉跄跄走回那永远不会嘲讽你的温暖容身之处。

有人给我留言说："喜欢你，在经商的同时，保有自己的一份纯真。"

说实话挺开心的，有人能看到或者读到那份我一直努力在维护的纯真，对于每天还要斤斤计较着那几毛钱成本的小商人，是种宽慰。

曾经以为理所当然，现在才明白，在浮躁现世坚持做到有多难。你看，《人民的名义》里，儒雅博学的高书记不也在诱惑前堕落了吗？！

当然，莫忘曾是书生，不是非要上升到莫忘道德准则和做人的底线的高度，也不是指每天要以读书人的身份自居，拒绝一切可能适应社会生存的方式。我的理解是，莫忘书生的那份安宁、笃定和归属感。

这样，无论在纷繁嘈杂的人、事、物里被摔打得有多少伤痕，我们终究还是可以逃离红尘回到那个简简单单的"书生"世界。哪怕只是片刻。

与穿越时空却透过文字跃然纸上的前辈古人对话，让我一步步地意识到："存在纯属偶然，人生全无意义。"

真的，正是这句听上去极度悲观的话，让我不至于在某个瞬间被突然击倒。

对此刻，对五年、十年、五十年后的自己说一句，哪怕总有要妥协的时候，奔走红尘，也莫忘曾是书生。

谁是因为饿才吃东西呢

我在今天吃下第一口肉的时候，感觉自己活过来了。在这之前，我已经喝了两天的粥。我吸溜着那快要流下来的油，眯着眼睛满足地笑。

嗯，在我身为射手座那记忆时常会跳闸的奇特人生里，手指头可以掰过来的印象深刻的事，几乎总和吃挂钩。北川擂鼓镇上一锅焦透了的野菜饭，梅里雪山脚下的一碗猪耳朵，印度神庙门前的一盘咖喱炒饭，冰岛的蒜烤龙虾，新藏线死亡谷里饿了两天后的一碗热汤面，八美草原上的炒牦牛肉，大阪夜里的小酒馆，清迈午夜小摊上的一小碗甜点…… 好吧，掰着手指头数不过来。

我妈总是在我从世界各地浪荡一两个月回来时兴高采烈地要求看照片，看到相机里成百上千张的食物照片，特别泄气并且鄙夷，"你怎么就知道吃。"

"你怎么就知道吃"，这句话好像上小学以来，就经常听到。

当别的同学已经学会合理分配零花钱，一部分玩游戏、一部分买干脆面、一部分买贴纸和头花的时候，我特别忠贞不渝地把所有的一块两块都上缴给了路边炸串串的阿姨，然后虔诚地看着阿姨从袋子里拿出串串，丢进油锅，看着锅里的油噼里啪啦地包裹着年糕、香干、鸡翅，看着它们的颜色从白色变金黄色，等边上鼓起泡的时候，差不多就好了。

等到炸串串都拿在手里，我就乐呵呵地开始边吃边走回家了。一起回家的伙伴一两个，偶尔他们也会拿一些在手上吃，但唯一不变的是，无论我买了多少串，我总是比他们吃完得早。每次看着他们还呜巴着嘴嚼香肠和鸡翅，我绝不会谴责自己为什么不吃慢点，只是懊恼为什么刚才没有多买几串，于是我在遇到下一个摊子的时候，就再买一串。回家的路上有三四个炸串串的摊位，每个我都会逗留一会儿，直到现在我都能对每家摊贩的拿手活如数家珍，学校门口那家的鸡翅最好吃，A 同学家门口那个年糕最 Q 软，菜市场旁边那家的香肠最嫩，家门口那家的香干不能更香了。

直到有一次，院子里的一个伯伯跟我同路回来，看着我从几个人到最后一个人，一路吃回来的专注模样，哭笑不得。回家就无奈地跟我妈说，这个小孩以后肯定没啥大出息，就知道吃。

到了初中、高中，我的老师们也跟约好了似的都曾下过类似的判断，当然也是因为我表现得太过统一的缘故。每次到饭点，我都是第一个冲出教室，冲去食堂一口气跑三楼不带喘的，为了抢到我爱吃的辣子鸡块和鸦片鱼头。

有一次老师气急败坏地在门口拦住我问："你着什么急？很饿吗？没吃早饭吗？"

我一愣，我真的不饿呀，早饭也吃了很大一个饭团。

可是，谁是因为饿才这么期盼着吃东西呢？

那一口一口吃到肚子里，让胃瞬间温暖让人踏实的力量，可以赶走多少繁重的课程、如山的作业、家里的争吵和暗恋男生的冷漠而带来的心伤啊。

整个肚子满满的安定感，似乎没有任何东西可以取代，即使是被叫作"胖子""肉球"的耻辱感也转瞬即逝。

这样被食物填满的日子，一直持续到大二那年——我突然得了厌食症。

起因是被迫无奈的，为了省钱，每天早上一个馒头，午餐一份南瓜、一份米饭，晚上一包山楂片。我把自己的生活过成了老干部般的禁欲。因为过于古怪的用餐过程和对钱的过度爱惜，还不得不避开同学三五成群一起吃饭的温馨场景，也避开男朋友三番五次找我出去吃饭玩耍。

想想，习惯一个人吃饭，应该就是从那个时候开始的吧。

那是段回想起来并没觉得太辛苦而只是觉得很有意义的日子，如果非要说有心酸，便是不能随心所欲吃自己喜欢的食物吧。

后来不那么拮据了，寒假参加聚会能放开吃的时候，狼吞虎咽后的结果是，已经饿小了的胃受不了食物的蜂拥而至，最后吐得一干二净。

朋友看着我说，你这是厌食症。

回到家里，我坐在厨房冰凉的地上，把我妈煮的满满一电饭煲的米饭，一勺一勺地往嘴里舀。很香很软糯的米饭，明明我还能尝出好吃的味道啊。没有任何调味料，没有任何辅菜，我就这么把一大锅米饭吃了下去，吃得眼泪横流。

我妈回家，看到空了的电饭煲和嘴巴肚子都塞得满满的我，惊讶得合不拢嘴："这是一锅米饭啊，一锅米饭啊，你疯了？"

我哇地哭出声来。

我妈可能以为她的反应看上去过于小气，不敢再多说，小心翼翼地问："你是不是饿坏啦？"

我哭得更凶了。

我一点也不饿。我只是想确认，我并没有讨厌食物啊。

谁是因为饿才那么想吃东西呢？

那一口一口吃下去的，是我在以后所有还会更凶残的日子里的一点盼头啊。

我在国外做学徒的一年，是现在很多人经常会问起的。

媒体也好、投资人也好，反反复复问我一个问题，你印象特别深刻的学习经历是什么？我经常犹豫一会儿说出几个其实我并没有那么放在心上的事情。

我怎么好意思说，其实我印象特别深刻的是我在每个深夜吃到的食物呢。

在西班牙的时候，工作的地方是个很大的带院子的西餐厅，每天人满为患，预约都预约不上。可是厨房却很小，一个 Chef（大厨）和六七个人加我一个学徒挤在不足十平方米的后厨，常常是前一分钟手忙脚乱地接近劈叉式地装上食物、拿下手套、撇掉围裙，下一秒面带微笑地托着餐盘走进风格迥然的大厅。

我时不时地怀疑自己在这个地方待久了会产生人格分裂，也时不时质疑老板压榨底层劳动人民的居心叵测。

可是我舍不得走呀。

每天剩下的新鲜海鲜是不允许留到第二天的，于是我们每天都能吃到不同种混合口味的海鲜饭。严厉的大厨在骂了我一天后，总是会偷偷先给我盛一盘，端到我面前，说一句，吃吧，吃了就好了。

我特别相信他这句话，吃了就好了。

因为当我一口一口吃完的时候，我真的就好了。那狼吞虎咽又安安静静吃海鲜饭的十分钟，让我可以原谅一整个白天的分裂和不安。

在泰国打工的时候，上的是夜班，人不多，老板和本地的员工早就回家了，到了 11 点我一个人把现金点好、账算好，后厨区域的锅碗瓢盆刷干净、台面擦干净，椅子一把一把放到桌子上开始拖地，拖完以后看一下手机上的时间，快到 12 点了。

夜市里的那家糖水铺开门了。

这家铺子在熙熙攘攘的夜市最偏的角落里。说是铺子，其实只有一个小车，架着两个桶，旁边两张折叠的桌子。

桶里是煮好了的甜品，奶白色的黏稠汤汁和绿色、黄色的小珍珠、小年糕，还有煮得刚好溏心的蛋，咕噜咕噜地冒着泡，五块钱人民币一碗。它的很长的名字我几次都没有记住，但是却没办法忘记那个味道。

20 多摄氏度的东南亚夜晚里，别人都光着膀子喝酒吃海鲜，我一个人默默地坐在最角落里，吸溜着喝下一碗碗温暖的汤，咽下一粒粒珍珠，咽下软糯的年糕，咽下孤单和失措，回宿舍睡觉。

那大概是我 25 岁时最迷茫的一段时间吧，可是每天晚上这一盘海鲜饭、一碗甜品，是我最期待的十分钟。

那十分钟，是我在不知道自己在做什么、将要做什么、没人懂我在做什么的一天里，最渴望的陪伴。

谁是因为饿，才吃东西呢？

那十分钟里一口一口吃下去的，是我闪转腾挪的人生里居然也避不掉的孤单啊。

20 years old
Life style

20 岁的生活方式
决定 30 岁的打开方式

Decided to be
30 years old
Open mode

Chapter

Six

哪有太晚，
只有不为

我们在焦虑什么

六年没见的初中同桌回国，跑上海来和我匆忙见面。

她在寒风中等了堵车的我半个小时，看到我的时候，开心地冲我挥手，咧开嘴冲我笑。笑成月亮般的大眼睛，嵌在满是元气感的圆脸上的酒窝，在路灯下隐约发光。

有一瞬间，我脚步犹疑了下。

这个人，为什么，这么多年没见，还是这副美好的少女模样，让人不忍心看到她周遭是车水马龙、汗流浃背的我们。

上一次见到她，是在香格里拉的独克宗古城，她推开沉重的客栈木门，夕阳的光恰到好处地照在她微卷的长发上，像个偷偷回家的孩子一般轻声喊我："大头，你在吗？"

还是在雅鲁藏布江大峡谷的山路上？她光着脚丫子坐在呼啸而下的摩托上，交汇的短暂瞬间，冲我尖叫着："大头，好舒服呀！"

我的记忆有点模糊，但无疑的是，无论哪个她，都和现在眼前的这个她，没什么差别。

岁月真是厚待她呀。

当我在饭桌上充满羡慕嫉妒恨地说，国外就是好啊，毫无生活压力啊，瞧你一点也没变老啊，看我都沧桑成啥样了，她竟然回答我："我每天都在焦虑。我身边很多老外也都在焦虑。"

我手一抖，筷子上的牛肉丸又滑回了锅里，溅起一滴热油在我手上，烫得我龇牙咧嘴。

她看着我笑，又笑出了月牙。

"开玩笑，你们在焦虑什么？我们这种创业的苦×才是每天焦虑呢！"我一点也不信，这家伙是故意的。

"是真的。我不服输地尝试了很多职业和爱好，总算找到我可以安安静静做一辈子的一个手艺。哪怕再小，我希望一生都可以慢慢做、好好做。我觉得时间都不够用，所以我每天都在焦虑。我身边很多老外也是这样。我们觉得时间太快，用一生来热爱也不够。"

她的语速慢下来，眼里的光亮在火锅升腾的雾气中一点都没有变模糊。

她口中的手艺，指的是做文物修理。

我有点愣，这顿饭，真的是吃得我始料未及。

以前一直觉得这个美少女应该和我是一类人。

在我四处游荡、出生入死、无人理解的岁月里，她也和我同时却不同地地闯荡着天涯。只是，我们偶尔会不期而遇，相互拥抱，喝一杯茶，然后继续走我们自己的路。

她永远不会问我："你为什么喜欢去那些鸟不拉屎、犄角旮旯的地方？"

她不会问我："你为什么会选择这样的生活？"

她也永远不会问我："大头，你怎么还不结婚生孩子？"

我们之间，不需要太多话语。

我一直笃定地以为她懂我，我也完全懂她。

可我发现我错了。

我们的世界里，焦虑，竟然是两个含义完全不同的词。

在我这里，功名、利禄、责任、成就、生存环境、孩子、车子、房子、那些不知道何时可以实现的梦想，这一切，都让我焦虑。

在她的世界里，焦虑却是因为一件事，害怕此生没有足够的时间去慢慢地做。

我突然觉得，以前那个她心里的骑士，那个总在保护她的我，在这个几经尘世却又一尘不染的少女面前，庸俗不堪。

回想我们，哪有一天不在焦虑呢？

无论是被社会舆论逼迫的，还是因为自己的好胜心、进取心，没有一天是不焦虑的。

我们焦虑房价的上涨，我们焦虑孩子的上学，我们焦虑工作的前景，我们焦虑票子不够花、面子不够大。

我一个在创业的人，更加一夜白头。

没钱的时候焦虑上哪儿找钱，有钱的时候焦虑要更赚钱才对得起别人的投资。像个上了发条又不小心拨快了的指针，疯狂地在那儿转着。

她让我又想起了一生悬命只做天妇罗的早乙女哲哉。

看过他的一个纪录片，有一段印象深刻。

记者问："您做了 50 年的天妇罗，每天就只做这一件事，不会觉得很无聊，不会觉得很漫长吗？"

早乙女哲哉天真地笑笑说："不会啊，我觉得 50 年倏地就过去了。"

是的，因为他的 50 年，他每天都在研究一件对他来说有意义的事，他每天都在思考着、领悟着，油不是油。

尽管那 50 年里，日本衰退和兴盛风云巨变，可是他感受不到社会变迁，他不会觉得他跟不上时代了，他不会焦虑通货膨他买不起房、养不起孩子了。

他只在乎，他眼前这一件事。他手里做的天妇罗，有没有辜负渔民的心意。

对比之下想想，人生真的是有些可怕，那么短的时间、那么少的一笔收入，可我们大多数人还总是买一些自己并不需要、并不想要、并不喜好的东西，为那短暂又欲坠的幸福慌慌不安，还要因为这一笔笔的钱，焦躁不已。

这样的幸福，无疑是焦虑的。

而真正的工匠，真正幸福的人们，虽跟焦虑脱不了关系，却又跟我们的焦虑全然不同。

在他们的世界里，成功与功成名就没有什么关系，成功就是一个人捍卫自己的完整性，就是一个人倾其一生做好一件事。

就像高晓松说的，幸福可能就是，做自己执着的事，50 年一下就过去了吧。

如何消除焦虑

这两年因为房价的飙升、雾霾的严重、创业大军的疯狂，焦虑似乎越来越普遍地成为大家的关键词，成了一种普罗大众的现象，总是对我们的生活见缝插针。连往年从不知"焦虑"二字怎么写的我，都不幸中招。

我大概在有一阵因为公司被投资机构"跳票"面临现金流危机，无比焦虑。然后又被其他各种附加因素火上浇油，焦虑到每天晚上睡不着觉，白天又昏昏沉沉只想赖在家里不想去办公室，焦虑到每天跟合伙人一起唉声叹气地发愁，焦虑到所有人看到我，都以为我病了。

刨除那些感性的因素，我想先客观地分析"焦虑"这个问题。

焦虑其实是一种自我保护的机制，是对于已拥有的事物的患得患失和对于失去或者可能会失去事物的保护的心理活动。

我们可以设想这样一种情况：

我们为一些流浪汉提供一日三餐，并且还提供住的地方，只要他们每天准时出现在我们给他的地址就好了，这些流浪汉肯定会为此觉得很兴奋、很开心。

那么接下来我们分两种情况：

第一种，这样过了十天之后，我们告诉这批流浪汉，我们将不再为他们提供这种服务了。听到这个消息之后，他们可能会失望，因为失去了一个能吃饭和睡觉的地方，意味着接下来又需要回到以前的生活了，但是却不会因此而焦虑。

第二种，我们告诉这些流浪汉，我们还能为他们提供这种服务，但是都只为一个人提供。床位和食物都只有一个人能得到，先到先得。

面对现在这样一个僧多粥少的情况，这些流浪汉都会出现同样的心理——对危机的心理预警。对这种未发生事件的预警反应，就会形成我们所说的焦虑。

很显然，每一位流浪汉都不会心甘情愿地走开，因为他们知道自己可能会得到这一份食物和这个床位，但是由于每天会担心自己得不到，所以会形成患得患失的心理。

得到食物的那个人会想我明天还能不能得到这样的待遇，没有得到食物的人会想我明天能不能得到食物。渐渐地，这些流浪汉会开始吃饭不香，睡眠不好，也许还会掉头发，出现某种生病的症状，这些都是有可能发生的。

所以说焦虑不是一个结果，而是一个过程。是我们为自己未来可能性或者说怕未来变得更坏的一个考虑。只不过这个过程会让我们感觉到痛苦、难受。

所以这么一分析，其实焦虑一点也不可怕。因为焦虑总好过毫无焦虑，焦虑说明我们还有上进心，我们希望未来变得更好，起码不能变得更坏。

但既然不是坏的现象，为什么它往往让我们的状况变得越来越糟糕呢？

原因是我们没有合理地认识并且控制好这种情绪。

我在那阵子又一次被投资人拒绝后，垂头丧气地去和一个做金融顾问的同学聊天，她皱着眉看着我说："令凯，你越是焦虑，越要让自己平静下来。不然你这种状态，谁都不会帮你的。没人会帮一个自己都乱了阵脚、失了信心的人的。你就逼着自己好好睡觉，好好吃饭。就算真的倒闭了又能怎么样呢？天会塌下来吗？你会过得很惨吗？你接受不了吗？"

我怔了一下，好像天也并不会塌下来，而我也并不是接受不了。我摇摇头。

她接着说："与其焦虑，你不如让自己状态变好，然后好好地去分析遇到瓶颈的原因，去梳理出接下来最该做的事是什么。我真不觉得你现在的状态适合盲目地见人找投资，这并不是让你焦虑的根本，你需要去解决你最该解决的问题。我也不觉得被投资人跳票会让你陷入绝境，反倒是你的状态会把你带上死路。只要状态好了，一切都会好起来。"

她的一番话，说得我很羞愧。就像是个不合格的学生在老师面前被训斥。

回去当晚，我就去找合伙人聊了一个小时，我分析了现状，给了几种解决方案，鼓励她一定要勇于面对暂时的困难，也坦承了自己前阵子消沉涣散的错误。她几次眼泪汪汪地看着我，在我离开她家的时候，收到她的信息："对不起，我前阵子也消沉了。你今天神采奕奕的样子很美，这才是我印象中的你。"

我看着手机，感动地在寒风里站了几分钟。

是的，焦虑的时候我们不应该自怨自艾，更不该一味地消沉。

我们需要告诉自己，能否接受相应情况下的最坏结果？

最坏无非是一无所有。可大多数情况下，让我们焦虑的东西，并不会让我们一无所有。

如果能，那么你还有什么可以担心和害怕的呢？

所以，"接受最坏的结果"，明白不好的状态会带来更差的结果，这是能够改变焦躁不安、迷茫消沉的状态的第一步。

但是若要真正地消除焦虑，打败焦虑，最好的办法就是赶紧去做那些让你感到焦虑的事。

找到令你焦虑的源头究竟是什么，去解决最该解决的问题。

如果缺钱去找钱，但如果不是缺钱而是业务停滞，就不要由于临时飞走的钱感到恐慌，而是应该去解决业务上的困境。

如果怕考试考不好，那就去想为什么担心考不好？是考试当天会生病还是自己对某一门课根本没信心？如果没信心那就用更大的力气去复习、去准备。

如果担心工作中无法升职加薪，那就去想为什么有这样的顾虑？是自己不够积极主动，还是方案不够完美，又或者是领导没有看到你做的努力？不够积极那就更积极，方案不够完美那就多看看受到肯定的方案怎么做的，领导看不到那么就用不卑不亢的方式告诉他你为公司做的贡献。

见招拆招，就这么简单。

回望这过去的一整年，我也被名为"焦虑"的东西连连击中，没有太多还手之力。

焦虑并不会随着意识到自己正在焦虑而消失，它必须通过自己对状态的调节，不断地说服自己接受最坏的结果，找出焦虑的源头并努力解决，才会一点点消失。

既然焦虑全面来袭，我们就用力回击。

面对焦虑，我觉得最好的方法，就是不把它当作什么了不起的大事。

对啊，本来就没什么大不了的。

即使我知道我某一天会死，也不妨碍我在那之前，热情地活着啊。

最遥远的梦想，不过是最朴素的愿望

为很多人写过字，在不同的角色里，切换着不同的文字风格。

却没有为我妈妈写过些什么。

会写这段文字，源于她刚发给我的一张照片。

忙着的我漫不经心地瞄了一眼，照片上的她扎着一条马尾辫，眼神明亮，眉眼干净，笑得那么烂漫。嗯，没用错词语，是烂漫。尽管她已经 55 岁。

起码，现在的我，很难有这种现世安好的满足的笑容。

我就那么停了下来，眼前模糊，看着屏幕傻笑。

半晌反应过来，发过去一行字"好嫩！好美！"，外加几个竖起的大拇指。

那边的她迅速回了个大大的笑脸，接连着给我发过来一串她的照片。

这是我为数不多的夸奖她，所以我明白她想要得到我更多赞美的心情。

我放下手头的工作，很耐心地一张张接收，然后诚挚又称职地挨个给好评。

她兴高采烈地去吃饭了。

而我，重重地往身后椅背上一靠，努力回想着我的妈妈如此明亮灿烂却朴素的笑容，上一次看见是在几年前？

而这几年，粗心的我，到底错过了什么？

让这个以前总是变换着时髦烫发，精致红唇，踩着美丽的高跟鞋，出门必甄选一遍衣橱最后挑一件美丽的旗袍或者大衣的大家闺秀，突然成了如今一双登山靴，一条迷彩裤，一顶宽檐帽，一件冲锋衣，一个大挎包的帅气大姑娘？

让这个曾经也抱怨过自己除了一口流利的普通话没什么特长也没什么追求的混日子的普通职员，突然成了家乡小有名气的范老师？

让这个曾经睡到日上三竿都起不来总是迟到，一点苦都吃不得，一直对我的穷游很是不能理解的娇气小姐，突然成了为了拍个好片可以早上4点起来，可以为了省钱坐上30多个小时的绿皮火车去边疆的人文摄影师？

让这个曾经动不动就做傻事伤害自己，让我疲惫不堪、担惊受怕的脆弱女人，突然成了自信、能干、淡然，懂得为我操心、替我担心的母亲？

…………

是最近这三年？

最初经常看到她在 QQ 上给我留言说，"凯凯，我的照片上当代摄影了""上中国摄影杂志了哦！"或者"我的照片拿了省里比赛一等奖""全国第三名"……也会收到她传给我她拍的照片。

她孩子一般单纯地只想要跟我分享她的喜悦，而我，不是在忙着应付各种数据和工作，心不在焉地回复几个字"这么厉害呀？"，就是在满世界乱跑，看一眼说这个还不错，那个一般，就草草下线……渐渐地，这样的留言少了。

而我也没在意。

我先入为主地认定不过是小打小闹的儿戏，我妈能有多大能耐。

直到偶然听见同事热烈讨论某张照片凑过去看时赫然发现是如此熟悉的名字；

直到她 2016 年成了中国摄影家协会的会员、浙江摄影家协会的副会长；

直到回家遇到旧邻朋友听见的不再是你女儿真厉害，而是你妈妈真是太厉害了的时候……

我终于开始认认真真地看她的每一张作品，然后为之惊叹。

我不敢相信我眼里除了从小爱看小说什么都不会的妈妈，竟然拥有如此的天赋，可以捕捉到那么多摄人心魄的眼神，那么多令人屏息的瞬间，那么多让我为之动容的面孔；可以在那么短的时间内做到许多摄影人奋斗了十几年仍没有实现的高度……

想到这儿，突然心有戚戚。她这三年里是多么孤独、多么坚强！与最初几年不同，这三年的孤独则是因为没有最亲的人分享自己的迷茫或喜悦，自己一个人走在陌生却令人兴奋的路上。

如同现在的我。

我想，我真的错过了很多。

错过了她不知何时开始拥有的梦想，错过了她那些努力的日日夜夜，错过了那过程中的失落、迷茫或欢欣。

等我反应过来的时候，能做的就只有高兴了。

我是那么高兴她的光芒夺目，那么高兴她的所有变化，那么高兴地听她在那儿得意地说妈妈现在可以养你了，你要实在太累了就别干了，饿不死。

我回到电脑前，问她："你退休以后想做什么？"

她毫不犹豫："摄影。"

我说："那你想开个工作室还是自由摄影？"

她很诧异："当然是后者。我没想赚钱。我就是想让很多很多人看见他们忽略的人身上的东西。美的，丑的。"

我愣了愣，心头像被什么敲了下，然后打出一行字："赞，我支持你。"

贫瘠的语言，渺小的我。

突然汗颜自己那点被追捧的所谓商业头脑，在单纯美好的愿望面前，一文不值。

我们总在高喊着理想，高、大、上。听起来那么激动人心，那么前景光明。有时麻痹了别人，也麻痹了自己。

可猛然发现，最打动人心、最给人坚持下去的信念、最让人觉得踏实信任的，恰恰是如我妈妈这样最简单的愿望，最单纯的初衷。

这样的理想，如此朴素，让人即使知道很遥远，也能埋头坚实地走着每一步。

抬头擦汗的时候，欣慰地发现走得竟然更快、更稳、更长、更远。

哪有太晚，只有不为

前几天和朋友聊天，他说你如果不做米有沙拉了，你想做什么？

我说无论我做不做米有沙拉，我 35 岁一定都会再出国读书圆我一个梦的。

他惊讶："35 岁？这也太晚了吧？一大把年纪，你以为你还能和以前一样考进哈佛呀？"

我笑笑，没加争辩。

毕竟他没说"你都创业挺成功了，还出国读书，有什么用啊"，我已经觉得满足了。

但让我惊觉的是，我们中国人，貌似总是对年龄和时间，有着莫名的焦虑和恐慌。

而这种焦虑和恐慌往往体现在，你要尽快地完成你这个时间段应该完成的任务。最显而易见的当然是结婚、生子。

却很少有人把这种自己一天天变老的焦虑和时间不够用的恐慌，体现为，我要快点多看看这个世界，我要快点多学一些我感兴趣的东西。

前些日子有个白发飘逸的老爷子走T台的视频在网上传得尤为火热，他44岁学英语，49岁北漂研究哑剧，50岁开始健身，57岁创造"活雕塑"，65岁学骑马，70岁练成腹肌，78岁骑摩托，79岁上T台。

大家纷纷感慨和赞叹，是啊，没有什么是太晚的，只要你想去做。

可当真的反观生活中每一件小事，我们却没有几个可以不瞻前顾后。

有一阵子，我面对员工的离职百思不得其解，最终发现是由于企业文化的灌输不够，简而言之就是打鸡血不够。那么最直接的解决方案自然是要多给员工传导。即便如此，我也优柔寡断："现在开始，还来得及吗？"

对面的前辈回答了我特别简短的一句话："做一件事，最好的时机是十年前，其次就是现在。"

一语中的。

之前已经错失了机会，现在还不做，只会再次失去机会。

就算真的来不及，尝试着去做，又能怎么样呢？

我们反正怎么着都不会比之前最差的时候更差了。

在选择这一点上，确实国外的人要比我们勇敢得多。

2016年在冰岛的时候，房东70多岁，却学习研究着繁杂无比的星象，每个深夜在我起身上厕所的时候发现她还盯着厚厚的军用笔记本电脑上的云团图，一笔一画地算着什么。

我有一次问她，您是天文工作者吗？

她说，不是呀，我去年从邮政局退休了，我有大把大把的时间，可以开始学习任何我想学习的东西了！简直不能再棒了！

后来我发现，她还在学习潜水，学习PS，学习做中国菜。今年她用邮件给我发了许多她做的中国菜的照片和她在红海的照片，她开心地跟我说：

"Ling，下次你再来玩哦！我们可以一起！"

她的人生，在我们的眼里已近迟暮，却在她的所有热情和欢喜的映衬下，恰似刚拉开序幕。

而想想我们的老人，比如我外婆，似乎每天除了早上起来去公园散步，白天看看报纸，唠唠嗑，晚上喝点保养品早早上床睡觉以外，其他的都没必要再去做了呢，时日不多，学又何用？晚啦，来不及了，学不会啦！

怎么会晚呢？

尽管我们穷尽一生都不一定能学会这大千世界的哪怕一个小手指盖，但一生里，总要有个开关，随时欢迎你的进入。

想起前阵子，从小被舞蹈老师说没有天分的我重新想去学跳舞。我跟Michael（米凯尔）在班里结识的，她看着班级里几乎都是 8 到 18 岁不等的孩子，慨叹自己是那个班上年纪最大的——她 25 岁。我说我比你大，我 27岁了。

我说按中国许多人的算法，我已经很老了，也来不及了，不该再学习了。

她惊讶地看着我："你开玩笑的，还是真觉得自己老了？"

我大笑，我是开玩笑的。

毕竟，相比我想继续去了解的东西，我现在所知道的东西，实在可以忽略不计，而且会随时间流逝趋近于零。

想到这个，就觉得自己实在是还很年轻。

还有太多想要完成的，想要实现的。

比如结婚的时候一定要去非洲，在沙漠里脱光衣服跳舞，大声欢笑，互相理解，就如荷西与三毛；

比如 30 岁之前要学会去深海里潜水，不再做个怕水的人；

比如要在老的时候举办一次演唱会，哪怕来听的都是颤颤巍巍的爷爷奶奶……

比如等 34 岁的时候要生一个很可爱的孩子，然后让他（她）从小跟着我环游世界，或者跟着我在国外游学，酷酷地长大；

比如要学会打鼓、学会街舞，最好再让自己三脚猫的散打功夫精进百倍，做一个随时路遇坏人都可以以一敌十的帅气女侠……

太多太多，别人听了会嗤笑，而我从未觉得可笑的事情。

我知道我一定会一个一个地去把这些心愿清单实现。

哪有什么太晚啊，只有不为罢了。

我想到《海底总动员》第一集里面的海龟 Crush（柯路西），小丑鱼爸爸马林在分别的时候，对远去的他大喊，你今年几岁？Crush 一边在洋流里漂浮，一边悠然地回答，150 岁了，朋友！还是小伙子哪！冲啊！

有人说过，我想在死前看完这个世界。

啊哈，看肯定是看不完的。但这个世界和爱的人一样，多看一秒，就多赚一秒啊。

我们还是少年啊！冲啊！

别问怎么办，你的人生请你自己想办法

我的习惯是睡前会看一下微博，回复一些评论和私信。

随着粉丝的增多，每一次打开私信前都需要深吸一口气。

除了少数跟我分享生活、分享看我书的感受，并且最后会以"谢谢你的书""谢谢你给我力量，小令""有你真好""祝你一直都这么勇敢""我会一直祝福你""早点睡"等看了就会觉得心情明媚、睡个好觉的话语结尾的，很多都是：

"小令，我好迷茫，我不知道我人生的路在哪里，怎么办？"

"我也想开店，怎么开？"

"我记得你写过 30 字的完美简历，我找不到了，发给我一下吧！"

"你以前发的开店攻略和自拍攻略在哪儿，再发我一次吧，我的邮箱是……"

"我学习老学不进去，怎么办？"

"你GMAT（经企管理研究生入学考试）怎么考得那么高？"

"能把你书上提到的做得很好的PPT给我吗？"

"我和男朋友越来越没有话聊，他似乎不爱我了，怎么办？"

"我也想去西藏背包穷游，爸爸妈妈不同意，怎么办？第一次该怎么走呢？"

…………

说句实话，每次看到这样的留言心里都沉沉的。

最开始我几乎是每一条必回，觉得别人需要我的帮助，那我能帮就帮，能安慰就安慰，还吭哧吭哧写过好多文字，甚至还有一篇详细到自己都咂舌的开店攻略。

但现在我几乎都不回了。因为我发现，没有用。

我回答过、帮助过的人们，不仅没有就此解决了问题、找到了之后的方向，反而问题越来越多。更可怕的是，我发现他们在得到答案后，从来都没有照我说的去做，依旧迷茫着、痛苦着、绝望着，四处问着"怎么办"。

我终于意识到一点，哦，原来他们不是真的没办法了，是习惯性地不动脑子、不想办法，习惯性地依赖于别人帮他的人生做主啊。

那我，又有什么权利和义务替你决定你的人生？

我想起我小学二年级的时候，我爸给我做奥数题。

我那脑袋，连正常二年级的数学都不能学得很好，对于奥数题更是有着出于本能的害怕和抗拒。但我爸没有一次正视过我投过去的求助眼光，他的理由对于年幼的我来说很残酷："我已经教过你方法了，剩下的你自己想办法。想不出来别想着出去玩。"

而当我意识到我真的没有同桌能让我抄，没有任何人能帮我想办法的时候，我只能自己咬着笔杆绞尽脑汁地把老爸教的原理翻来覆去地想，往往还真的能把题目解出来，欣喜万分的时候，抬头撞见爸爸欣慰却仍故作严肃的目光。

自此，我的数学越来越好。在我之后的十多年里，我也越来越少地依赖于别人，因为一路自己打怪兽、一路升级变强大的成就感远远超越那过程中的孤单、恐惧和痛苦。

在美国打工的一段时间，感触最深的是，无论老板交代什么活，问可不可以做的时候，美国人最爱说的一句话就是 I can manage it（我可以搞定它）。

那种自信和其后努力想办法去实现的工作态度，与我们的年轻人往往在面对任务和困难时，没有底气也没有勇气去独自面对的常态对比，不得不感慨彼此间巨大的差距。

就因为总有那么多担忧的家长和我这样好为人师的工作伙伴，我们越来越失去独立思考和独自闯关的能力。

而当你告诉自己你能行，你付诸行动去实现你的承诺，你就会慢慢忘记去问别人怎么办。

不要再问我：

想创业没钱怎么办；

想帮家里人没能力怎么办；

想写小说却没时间怎么办；

想出去旅游没积蓄，语言也不好怎么办；

想出国实现自己的人生梦想感觉考不上怎么办；

想开店实现自己的理想，爹妈不让怎么办……

我真的很想回答这些人：

在你问怎么办的时候，我在为了帮家里分忧，每天奔波打着四份工，只吃学校食堂八毛钱的南瓜和两毛钱的米饭，整整一年天天如此；

我在为了出国起早摸黑逼着英语无比垃圾的自己考到 GMAT 760 分；

我在为了出书每天哪怕加班到凌晨 2 点也仍然坚持写文章；

我在为了去我想去的地方自在玩，实现我的每一个梦想，而没日没夜地努力赚钱，保证经济独立没人可以阻止。

办法，永远都比问题多。

所以，停止问怎么办吧，停止问别人是怎么做到的吧。

自己的人生请你自己想办法，不然你只配一辈子在好奇。

忙不是你一事无成的理由

刚开店那会儿，生意出乎我意料地好。原本以为起码要有个半年的养店期，实则却跳过了那个阶段。

恰逢那阵子，当地一些纸媒纷纷采访了我们，电视台也报道了我们。于是作为国内第一家"主食沙拉"店，大家的热情和好奇，让我们直接进入井喷期。

所有来店里的形形色色的人，都让我觉得饶有兴致。有穿着校服的学生，有衣着精致的白领，有时髦的少妇，也有身材让人喷血的老外。端茶送水上菜间，每个人聊的都是不一样的话，但也总会有一些关于这家店、这个主人、这个食物的评论。自己做的食物嘛，被夸好吃、好看的时候自然是最欢喜的，但即使被评论有欠缺，也都是虚心受着，没有一点不悦。

但唯独有一类话，传到耳朵里，总是有点刺耳。

"哎呀，我前两年也想到要专门开一家卖沙拉的店的！我就是没时间，不然哪儿轮得到这家这么火呀！"

每每听到这种话，我总是心里有点想发笑，你怎么不说你还想到过可以开个阿里巴巴呢，你要是有时间，你也能成为马云呢。

看过一篇张爱玲的文章，她说她最烦女演员见面说一句话：其实我也很喜欢写作，只是因为工作太忙了，没有时间写。

言下之意就是，如果工作不忙的话，她也一定会成为一个作家。

说这种话的人吧，往往一辈子也没成为作家。

生活中总能遇到这类人，让人忍不住想皱眉。

你写出好论文得优秀的时候，他说："其实我也想到了那个论题，就是没往下写而已。"

你谈下大客户做出好业绩被领导表扬的时候，他说："其实我也能联系到对方，就是没去问而已。"

你摄影比赛得奖、设计比赛得奖、绘画比赛得奖的时候，他说："其实我照片也拍得不错，也很喜欢画画，就是没时间画也没时间拍而已。"

…………

言下之意，他去写，也能写出优秀论文；他去联系业务也能谈下来大客户；他去画画、去摄影，也一定能拿奖。

自我感觉不要太良好。

这样的人其实犯了两个错误，一个是不尊重他人的劳动成果，一个是没有认识到自己的问题并不在于太忙。

前者显而易见，后者怎么理解呢？

以前有一个前辈曾经在我因为想到一个好点子欢欣雀跃、自以为是天才的时候，很无情地给我泼了一盆冷水：

"你要记住，但凡你想到的点子，一定也有别人想到过，你绝对不是第一个。那为什么别人没做呢？是别人做不了没去做，还是这个点子有人尝试了失败了？"

这句话让我冷静下来，也让我印象特别深刻。

确实，但凡我们想到的点子，不可能完全没有被任何人想到过。

所以想到不代表任何价值，能做出来才是价值的体现。说自己曾经想到过，不过是从侧面证明自己是个没有行动力的家伙罢了。所以对做出来的人表示尊重，是起码的素养。

不做的原因是什么呢？是真的这个事情没有希望，无数人踩过坑，试验过都失败了，还是大家都不敢做呢？

据我观察，大多都是后者。只是大家都选择以忙作为借口。

拿我自己为例，在我开店之前，我也找过一些人跟我合作，但是我听到得更多的是迟疑和忧虑："这个太冷门了啊，没人来吃怎么办""这个市场太小，风险太大"……他们没有一个是在做事业忙得无法分身的，甚至有人是每天赋闲在家一直在寻求项目的，但是在机会面前，大多数人选择了退缩。

看到现在市场上大部分人接受了"主食沙拉"，这个领域从蓝海变为红海，无数人口里说着"我早就说过……""我老早就想做了……"。

再比如，我写完书出版后，很多人发私信跟我说："我也一直想写个小说来着，只是太忙了每天工作太多，根本没抽出时间来。"

我的天，说这话的人，你知道我每天是怎么过的吗？我每天早上9点上班，作为一个创业狗，晚上12点才拖着疲乏的身体到家都是再正常不过的状态，可这只是我白天工作的结束、夜晚工作的开始罢了。

我到家后用冷水洗一把脸，然后就必须打开电脑开始写稿，一边是为了新书，一边是为了公众号。我也并不是最拼的，我认识的几个自媒体人，有的每天照顾三个孩子，却能早上 7 点起来发文章，雷打不动；有的怀孕大着肚子，全程孕吐，还每天坚持更新；有的有着压力巨大、项目巨多的金融工作，依旧笔耕不辍。

是的，看上去都很简单，不就是写写东西嘛，没什么技术含量。你也可以啊，你也想过啊，你也说要做一个 10 万 + 的自媒体啊，那你为什么没有动笔呢？而且你有着比我们多得多的时间呀。在机会面前，大多数人选择了懒惰。

为什么勇气和毅力的问题常常被误以为是时间的问题？

而那些遗憾的、悲伤的、嫉妒的、自以为是的，却都成了生活的不公？

要知道，你没做成，并不是因为你忙，而是你从未想过要去行动，从未想过要付出辛苦，从未逼自己一把罢了。

请不要把忙当成你一事无成的借口。

不要在和机会擦肩而过后，说我们很早就遇到过。

哪怕无人在意也要坚持完美主义

过完年的开工日，我还在休假，但是已经陆陆续续收到一堆工作的邮件。

有一个合作伙伴是我比较熟悉的，早上 9 点给我发信息询问日程，然后给我发了三稿文件后，在第三稿的时候跟我说，前两稿有错别字。我知道他们公司大多数人还在休假，就半开玩笑地说："你这么认真干吗，你老板和上司我看朋友圈还在国外没回来呢！又不知道你有没有准时上班，你改了三稿他们也不知道。"

她给我回了一条："我自己心里无愧就好了，不是做给他们看的。"

说实话，那是我第一次对她认真打量，并且开始重视她说的方案。

在无人在意的时候，还坚持自己内心的完美主义，这样的人，显然是值得喜欢的。

我特别能理解这种哪怕谁都没看见，还是过不去自己心里这关的感受。

因为这个，我被无数次说过是傻瓜。

比如我们在做一个 PPT 准备去做 presentation（展示）的时候，其中可能某一个数据是来自其他科学家的研究成果，当我想要标注清楚具体来源、章节、片段、推理过程来确保这个无误的时候，也许有人会不耐烦地拦着我："教授不会看这个的，他想知道的只是漂亮的结论而已。"

比如当我把几百页杂乱无章的 Word 一页页地进行分章、排版、调首行缩进字符和间距的时候，也许会有人津津乐道地冲我传授："哎呀，你这个缩进少弄 1 个也不会看得出来。"

再比如我想把办公室的打印机擦拭干净的时候，也许会有人不屑一顾、嗤之以鼻："做这个干什么？又没人知道是你擦的。"

…………

我自己很清楚，我不是伟大，也不是善良，只是没有做到自己心里的最后一步，最好的样子，便会坐立不安。哪怕这多走的几步、多费的时间，根本没有人知道，甚至是徒劳的，那也是种对自己的交代。

更何况，大多数你觉得无人在意的时刻，其实也是有人在意并且能看到的。

我还在读书的时候看过一个印象很深的例子，一个学历很普通的女孩在一堆本科生、研究生云集的大公司闯过了面试和初试，进入了最后一轮考察：在人力资源部实习三天。部长留给她一个任务，将公司去年的部分文件整理归类并在电脑里建档保存。

然而，就在她忙碌了一天之后，下班前传来了坏消息，总公司紧急通知暂停招聘新员工。参加实习的其他学生纷纷跑到部长办公室表达不满。直到下班前，焦头烂额的部长才送走了最后一个愤愤不平的学生，回到办公室却发现她还在成堆的文件里忙碌着。部长很客气地说："真不好意思，白让你忙活了一天。没办法，这是总公司临时的决定……下班了，快回家吧，你明天就不用来了。"她站起身来，说："没什么，只是这些文件我都整理了一半了，如果换成别人又要从头开始。活没干完心里不踏实，我明天再来，一个上午就足够了。"同学们都说她傻，与其给人家白白出力，还不如抓紧时间找别的工作。可是她只是微微一笑，第二天中午离开的时候，留下的是一排排装订好的文件夹和一间整洁的档案室。

最后，她成了整个公司在结构调整期间唯一留下的新员工。

这例子的结果当然又功利了，但这个女生能做到这样，绝对是长久对自己以完美主义来要求养成的习惯，跟功利无关。

我常常在想，我究竟为什么放不下？为什么在别人根本不在意的地方仍对自己那么苛刻？

事实就是，当我们得过且过、差不多就可以的时候，失去的并不是他人的看好和该有的利益，而是对自己的一份交代，失去的是未来可以始终让自己问心无愧的责任心，失去的更是未来可能会获得的无尽可能。

那多做的努力，从 90 分做到 100 分多费的心力，不是给任何外人看的，而是给自己吃的一颗定心丸。

为的是让自己能够看着最后的作品时欣慰地笑；为的是让自己更增添一分信心，原来自己就是可以做得很完美；也为的是让自己在未来任何一种结局出现时都不会觉得遗憾，因为我确实已经尽力了。

所以，哪怕无人在意，也要坚持完美主义呀。不为他人，为自己。

正路过人间

前两天半夜哭了，发了个微博然后哭累后睡去。

第二天一看，好多留言和私信，很多人安慰我，分享他们的故事，也有很多人说和我一样会在半夜蒙在被子里大哭，觉得一秒都撑不下去了。

啊，原来大家都有这样的时候啊。

其实，我现在已经想不起来，那个晚上哭的具体原因了。

可能就是觉得艰难的时候，熬得心力交瘁，却无人体会。

是的，无人体会。

勉强回想，那种滋味，如同自己一个人迷茫地走在山水间，浓雾弥漫，并不知道前方是不是有光亮。

那崩溃前一刹那的感觉，仿佛只有自己穿行市井，承担四季，心底埋着一份有根有芽的悲苦。

悲从中来。不可抑制。

可这份悲，你也说不清道不明。

那种时候，若有人在侧，拍着你说我懂，我真的懂，可能这份悲苦尚且可以抑制，没那么天崩地裂。这当然是极好的。

可总有某件事，我们自己觉得大得不得了，旁人往往觉得没啥大不了的。

事有难言天似海，就这么一天天从头顶压下来。

这么想来，也不消去委屈为什么旁人无法体会你的苦楚了，这份压着你的苦难，终究还是得靠你自己去承担。

反正无论旁人说什么，你终究会觉得，啊，你根本不懂我的苦。

我知道自己每一个濒临崩溃的时刻，是严肃地、认真地、发自内心地想要一走了之。可是，我最终还是没走。

这样的人估计也是不讨人喜欢的，就像说了千万次要分手却还是没离开一样的道理。

说多了，别人不信，连自己也不信了。

可我知道，自己还没到那根弦真的要断的时候。

不愿意放弃，也许是不够豁达，可更多的是过不了自己那一关。

我没有足够的自信说服自己，坚持就一定会胜利。

可我太了解我自己了，如果我就这么落荒而逃，接下来还有一大半的人生里，我应该会时常感到羞愧吧。

羞愧的是我在还有力气的时候，没有俯下身子，拉那个快要坠落悬崖的可怜人一把。

羞愧的是我明明还可以走一段路，却选择了回头。

就算前方迎接我们的依旧是狂风暴雨，可其实很多时候我们选择前行，本就并不是因为前方有多么美好，而是无路可退了呀。

怀抱这种想法，反而豁达了。

是你自己选择的路，是你自己投入的热爱，是你自己去实现的梦想，当它成了很多人的梦想，当它被倾注了许多人的热爱，你还真的就是无路可退、无头可回了。

既然无路可退，那无论有没有人能体会，你还有力气，你就得走下去。

更何况，前路不明，但也不一定会更差。

我想起曾经在一本书上看到的一段话，特别简短，却有着宽慰人的平静的力量。

"我从地狱来，要到天堂去，正路过人间。"

是啊，不过是正路过人间。

既然从地狱来，去往天堂，那，前方，总归是会更好吧。

而人间，本就是众生、万象和疾苦。

那些压在你头上的困难，若有一天能称其为苦难，不就是因为熬过了的幸存者，都有回头望着松一口气的资本，而牺牲在其中的殉葬者，永远只剩下最后的不甘嘛。

想想，若能把苦难熬成一碗汤药，足以滋养以后漫长的人生，那或许就真的不再需要任何的针剂。

无论何时你问我尚能战否？

我都能回答你，能。

现在是多么好

年初的时候，我被一位长辈推荐去参加了《奇葩说》第二季，在经历了两次面聊后，接到一个辩论的题目，说一周后去北京参加千人辩论赛。

那个题目是"要不要发明时光机"。

拿到题目的第一反应是，啊！当然啦。

扎啤和烤串。

冰西瓜和冻高乐高。

热裤和人字拖。

古格王朝和青藏高原。

艳阳高照和倾盆大雨。

真心话和大冒险。

初吻和失恋。

翘起的嘴角和笑弯的双眼。

电视里播不完的《还珠格格》和《新白娘子传奇》。

扎起马尾辫的少女和球场上奔跑的少年。

…………

这些我很难再拥有的，若能回去重温，该多好呀。

我咧嘴笑着，想到可以回到校园里的无忧时光；想着可以回到自己热爱的草原和沙漠、大海和戈壁，奔走四方；想着可以回到最初创立 Meal Salad 的时候，这一次我再也不会犯那些小格局、没远见的错误了。

时光机送我回去，再来一次，我应该可以弥补很多，也可以享受很多。

我弟弟当时正好来上海看我，在旁边嗤笑一声："什么时光机啊，现在不是挺好的嘛。想回到过去让自己不要痛苦吗？那是弱者吧。弱者，回去也改变不了是弱者的命运。"

一句话，把我拉回现实。

仔细想想，确实，现在纵然有许多觉得沉重得快要喘不过气的时候，我们又怎么能说现在不好呢。因为我们绝不能确定，坐时光机回到过去的我们，在那个让现在的自己后悔的路口，走了另一头，现在会是更好，还是更坏。

我们总是在失意时想象着另一种美好的可能，却忘了当你选择这种可能时，它或许也不再美好。

比如说，现在的我，总是自觉腹无诗书、底气不足，总是羡慕那些出口成章颇有底蕴的同辈，后悔着在读大学的时候没有多泡一泡图书馆，多看一些能够让自己多一些眼界和沉淀的书，光顾着赚钱、实习、打工。

可回到当年那个岔路口，我即使去了哈佛，应该有很大的可能仍然意识不到祖父说的"布衣暖，菜根香，诗书滋味长"的深意，依旧把宝贵的读书学习时间用在我以为重要的积累社会经验上；我也有很大的可能，去好好学习了，但是却让家庭从此为我背上沉重的负担，因此失去了可以做自己喜欢做的工作的权利。

再比如说，我现在总是自我检讨创业一路艰辛，发展并没有迅猛如我所期，是由于没有在早期就找到最强大的合伙人，过于相信自己的能力，凡事都亲力亲为。

可若回到那个时候，我可能会因为资金拮据或者还没有清晰地看到自己的能力上限，依旧那么做；又或者，即使我找了合伙人，也意识不到把专业的事交给专业的人去做，这样一个现在看来浅显无比的道理；我也很有可能，在有合伙人的日子里，跟合伙人理念不同，决策变慢，吵得不可开交，分道扬镳，等等。

为什么呢？难道是因为我们不知道珍惜？不懂得回去的不易？

我想不是吧。任哪个悔不当初的人，若有回到过去的机会，都会下一万个决心，定不重蹈覆辙吧。

但是回去了的我们，没有足够的经验，没有足够的远见，没有足够的能力，做出的选择，恐怕还是只能如此。

回去了的我们，即使做了另外一个选择，说不定结果也许更糟。

没有一种选择是完美的，没有一条路是好走的呀。

世界是公平的，它从你手中拿走的，哪怕你攥得再紧也不会留下，那或许本来就不是你的；而你以为你失去的荣耀和骄傲，或许只是换了个样子，或者出去溜达了一圈，晚一些再回到你这里。

我以前也曾认为，怀旧是因为过去太美好，怀旧的人一般也长情，可说得难听点，怀旧其实只是因为现在过得不够好吧。

就像我弟弟说的，总想着回去的那是弱者。

弱者的未来，给一百次选择，也不见得有多好。

而强者，才不会给不够好的现在找什么回头的理由。在他们的眼里，现在可能不够好，但是一般会比过去更好，至少不会比过去差。

　　因为哪怕白手起家经历巅峰后的人又重新回到起点，那也不再是曾经那个两手空空的少年了。

　　因为人生的经历，最是不可复制，最是不可估量。

　　现在是多么好，现在的我们，又有多少人能知道呢。

　　做一个不那么缅怀过去的强者吧。

何必等来生

我生日那天，以前的一个好友来上海看我，约我吃了个饭。

几年未见，看到彼此都穿得有板有眼，不是旅途中放浪形骸的民族风，相视一笑。他在饭桌上递给我一本书和一张明信片。

卡片的一面写着："人生最大的枷锁之一，是总想摆脱所有的枷锁。"另一面翻过来，是印度蓝城大皇宫的门票。

我一愣，随即大喜过望："这不是当年那张门票吗？我们纠结了很久，要不要进去看的大皇宫。"

他点点头："对啊，你还记得啊。"

怎么会不记得呢？为了100块钱人民币的门票，在门口争执许久，终究还是咬了咬牙，买了一张票，让他进去了，我在外面树荫处坐着等他出来。

"现在想想，当年真是傻啊，都坐了那么久的火车从孟加拉到印度，却有那么多的地方，因为不舍得花钱，错过了啊。"我笑着摇摇头。

"对啊，我最后悔的是泰姬陵。至今都还记得我们两个都到了门口，居然因为 300 多块钱人民币的门票太贵，最后没进去，到旁边的一家餐厅的天台上面吃饭，远远看了一眼，还安慰自己说，进去也是人山人海，还不如远看。"他激动得手舞足蹈。

"是啊。那顿饭其实也吃了近 300 块钱吧？真是对自己无语了。还有古格王朝也是！等了一天的过路车，走了四个多小时，好不容易到了，竟然还是说下次再来得了。"我也回想道，"那些年号称走天下的我们，也不是买不起门票，究竟是用什么样的奇思妙想，怀揣着'门票贵的景点都不去''反正有的是机会'的心态，错过了那么多的天下的？"

他听罢我的话，狂笑。

笑完又用有点落寞的声音说："以前总以为还有很多的机会，一辈子这么长，有无数的下一次，过了这个村还会有下个店。现在才知道，一辈子真的很短啊，没有那么多下一次。"

他说完，眼里的光彩有点暗下去，手指敲着桌面上的碗。我也陷入了沉默。

我知道，这是现在有着稳定大国企工作的他和有一整个公司要养活的我，都不可能再完全回去的生活。

就像他说的，曾经我也以为一辈子还很长，有的是机会再来一次，有的是时间再看一次，有的是美好的事可以"等到……"再做，所以经常遇到喜欢的东西没舍得买，希冀着前面还有更好更便宜的，想要去的地方和想做的事因为现在没有时间就说下一次吧。

可现在发现，有的地方，一生真的可能只会去一次，这一次就是最后一次；有的东西，错过了就再也没有下个店可以买到。

我在后面几日里好好回想了一下被自己搁置或者错过的事物。

我想起来，我曾在西藏山南地区遇到一个老人兜售异常好看的游牧民族用的酒壶，上面镶满了红宝石和绿松石，对方开价1000块钱。我没舍得买，以为这个东西会遍地都是。自此，再也没遇到过，心心念念，到现在。想起来，前两年说要学西班牙语，要学跳舞，要去把年少学了八年的画画重拾起来，可是每次，最后都是"也不着急这一时半会儿的，有的是时间"。想起来，每次说着"忙过了这阵，就去好好休息休息"，可似乎忙过了这阵还有下一阵，完成了一个小目标还有下一个目标，身上的担子不会卸下，只会越来越放不下。这些年来，从来没有休息过。想起来，曾说过一定要在30岁之前去非洲，看三毛挥洒过爱情的那片土地，开着车如她一样去沙漠的腹地撒一撒野，可因为各种各样的原因，过了一年又一年……说这话的时候貌似才20岁，转眼就离30岁不远了。想起来，因为创业第一次把孩子流掉，流着眼泪听妈妈说"还会再有的"，可这一年来的失魂落魄，让我知道，那份无愧于心是再也不会有了。

…………

太多太多。

忙忙碌碌中，一个个应该被珍视、被实现的心愿，就像被抛下的孩子，仍惦记着撒谎的父母说的你在原地等我，真的痴痴地等在那里。

可这么一等，或许就等到了来生。

我看着手里这张已经泛黄的大皇宫门票，记起当年信誓旦旦在离开的时候说："我一定会再来印度。"

可是四年过去了，这期间每一次好不容易挤出出行的时间，都是先安排没有去过的目的地，绝对不会再把印度提上行程。按照世界上那么多的国家和城市来计算的话，终其一生，我可能都没法再去那个国度。

那些我没做的，我擦肩而过的，我以为还有机会的，我说等下次的，最终通通以遗憾和后悔的面貌，如山风、如海啸，或扑面而来，或旁捅侧顶，或腹背相迎，张狂而无所顾忌地将我吞没。

每个人的心里，有多长的一个清单，列着的都是"下一次……"和"等我……"就要去做的美好的事。可是它们总是被推迟、被搁置，在时间的阁楼上腐烂。

这是勇气的问题，是不自知的问题，不是时间的问题。

时间其实很公平，一生就那么几十年。我们就算再有能耐，再风光，有再多财富，也争不得更多几年的光景。

想做的事，想说的爱，何必等来生。

未来发生的都是礼物

我在第二次去大理的时候认识的小刀夫妇。

下车后的我并没有第一时间去找我上一本书中提到过的那个研究热气球的 LR，而是去找我在网上看到的洱海旁一家很有特色的船坞。

只是向来没有做攻略习惯的我，不过是抄下了村落和船坞的名字而已，完全没有记下网站上一大堆的说明指示文字，到了后才发现原来这个村沿着洱海绵延十几公里。

在那个没有智能手机也没有滴滴打车软件的年代，我被三轮车无奈地放在了洱海旁的一条村道上，然后装模作样地打开手里的地图，佯装镇定地边看边走。

走着走着被不知名的香味诱惑拐进了旁边的小路，七拐八拐地撞进了一片空着的地方，有一个很小的屋子，旁边是一个搭起来的很大的房梁结构，周围堆满了各种各样的木材和工具，中间蹲着个男人，旁边的角落里有个女人在烤玉米。啊，原来是这个味道。

听到我踩到工具的声音，男人、女人都抬起头来，看着我手上的地图，似乎明白我是迷路了。男人站起身朝我走来，个子不高，头发很长，肤色黢黑，走到我跟前的时候很温和地问："你是要找什么地方吗？"

我点点头，特别老实地回答："嗯，我是在找个船坞，然后闻到香味以为有卖好吃的，就找到这儿来了。"

男人哈哈笑了，回头跟女人说："珍，拿个玉米来吧。"

女人应声跑来，是个漂亮的姑娘，笑着把用布包起来的玉米棒子递给我。"吃完我们帮你看看，我老公也是刚来这儿不久，听不懂这儿的话，我能听懂一些，我带你去找。"

我也确实是饿了，说了谢谢，欣喜若狂地接过玉米，啃起来。

边啃玉米，边跟珍聊天，知道了她老公叫作小刀。

"你们自己建屋子吗？没有工人吗？"

"嗯，我们从北京刚来云南没多久。小刀这几个月在学木工，每天都在这工地待着，他说他都要自己建。还说回头给我建个咖啡馆。"

她带我去参观旁边那个小屋子，算是小刀的临时工作室，里面几乎所有的家具都是他自己动手做的——捡来邻居扔掉的旧沙发，买块海绵和花布，把海绵铺在沙发面上，盖一层花布，用钉子把布面钉平整，再找些木条给沙发做腿，就成了一个崭新的布艺沙发；去货运公司用30块钱一个的价格买回扔掉的木头货运箱，打磨、上油漆，做成了茶几和电视柜；在菜市场里向水果摊的大妈要来几个塑料箱，用木板加固后变成了书架……她一脸骄傲地跟我介绍着这个屋里的每一件小东西，都是怎样被自己老公变废为宝的。

我看得目瞪口呆，这些东西都不是什么好材料做的，但放在这个小屋子里，却很别致温馨。

"这手艺也太好啦，完全可以拿出去卖啦！"我赞叹着。

"没打算卖这个。其实之前小刀也是拼了十几年，从水管工做起，好不容易有了自己的事业。结果一夜之间破产了，他特别痛苦，所以我带他回云南，也是希望他远离名利，安静安静，做做手艺活，他自己倒也真的喜欢。"女人一脸心疼又欣慰地看着不远处正在打磨板子的男人。

"好辛苦啊……"我得知他们原来并不是大城市的富人跑来体验乡居生活，而是因为破产才过来开始新生活，顿时有点同情。

"哈哈，不辛苦啦！我们经历过比这辛苦得多的日子呢，这根本不算什么。而且，只有今天习惯了辛苦，明天所有发生的才会都是礼物啊。"

我抬头仔细看了眼面前的这个女人，是比我大几岁，但有这么从容乐观的心态还是着实令我吃了一惊。再看一眼小刀，他正在专心致志地打磨着板子上的某一处，一身沾了木屑的破衣服，全然看不出曾经也是开公司的老板。

要知道，人一步步从头到尾走着，从低处到高处是容易的。但若是从高处跌到了低处，想要再回到高处可就没那么容易了。不是没有这个能力了，而是多数人从重重摔下来的那一刻起，就被满身的疼痛和曾经在高处体验的风吓得再也不敢尝试了。

可是他们，无论是不是作为谋生的手段，还能如此专注地去做一件事情，去承受又一次的辛苦重来，最关键的是，能够那么坚定地相信明天带来的都会是馈赠，实属不易。

从小房子出来，女人抱上一大堆高过她头的用剩下的木屑和杂七杂八的垃圾，说带我去船坞。

一路上，她跟每一个路过的当地人打招呼，然后跟我分享他们每天只用几块钱却能吃上饱饭的秘籍，眼角满是喜悦。

那是个没有微信的时代，连微博都还没有，觉得留个电话又是太过俗套的事情，我们就这样只是知道了彼此的名字，笑着挥手，然后告别。

那之后，我见到了LR，被他满院子堆着的研究热气球的瓶瓶罐罐吓到，又为他说到热气球时眼底的灼热光芒而振奋。

再之后三年倏忽而过，一年前我竟然看到了LR终于坐上热气球的笑脸，吃惊又高兴地流下眼泪来的时候，我突然想起了小刀。

他们还好吗？

前不久，我无意间在其他人的转发里看到他的微博，看到他有了自己的工作室，看到他帮别人建了一间又一间风格各异的房子，看到他说："四年前，我负债累累，你并无埋怨，带我归宿他乡，此后闭门修炼，研习木工。一年后还清债务，第二年给你买了辆奥迪，第三年给你建造了咖啡馆和餐厅，今年是第四年，再送你一套大别墅。就当我在炫耀过往。思甜才懂往日艰辛，在最低谷时，只有一个你微光照耀，就是那束光的温暖，指引我还你一个太阳。感谢你，亲爱的，生日快乐。"

我的心情怎么说呢，有抑制不住的欣喜。

他终于还是做到了。

在我觉得自己所做的梦不可能实现的时候，我看到他们又一次过上了四年前根本不敢想的生活；当我觉得自己每日的辛苦没有尽头的时候，我看到了生活的馈赠，终归还是如约而至。

愿每一个有梦而仍在辛苦坚持着的人，和他们、和我一样相信：

今天所做的都是辛苦，而未来发生的都是礼物。

20 years old
Life style

20 岁的生活方式
决定 30 岁的打开方式

Decided to be
30 years old
Open mode

Postscript

等得很苦，但绝不辜负

失眠时有个男生在微博里给我发私信说："令姐，好羡慕你的生活。我也想成为像你那样的人，可对你来说轻松就能实现这种生活，对我就难于登天。我对自己好绝望。我想放弃。"

我突然意识到，似乎正因为我永远都在传递正能量和展现好的一面给大家，才会让他有"他们成功得好容易，过得好轻松潇洒"这样的错觉吧。

当写完这十几万字的时候，被情绪的浪涛推着不小心靠近这些被浅聚在海滩的小沙丘，我的内心顿时潮湿无比。

我叹口气，窗外是爆竹声声，心里突然被普天同庆的声浪推着靠近回忆，变得有些潮湿。

想说些压抑了一年的心里话，权当对过去摊牌，换自己一身轻松。

那份放下和坦然，终究是等得很苦，但没有辜负。

这过去的一年多，在我从不顺坦的二十多年人生里，仍然算是排得上号的艰难。艰难到我无论是在 2016 年的最后一天还是在除夕夜，依旧彻夜睡不着觉，心里默念着：啊！终于过去了啊。

这恐怕是创业圈最为鄙视的无法兼顾生活和工作的反面案例。

我没跟任何人说，因为这没什么好抱怨的。这是我自己为了创业、为了公司做出的选择，也是我自己无能，没有熬过那整天呕吐、晕眩、水米不进还要高强度工作的三个月。

但从那以后，从来都是沾枕头就睡着的我，再也没有睡过一个好觉。

我开始了无休止的头疼和噩梦，每到后半夜，我都会被各种各样怪异恐怖、细节清晰到身临其境的梦惊醒，然后发现自己全身盗汗抽搐。

严重到什么程度呢？全身上下都是湿的，尤其是大腿，大颗大颗的汗珠，浸透床单。我只得起身，坐在床边等全身和床单稍微被风干一些，再继续钻进被窝。

除了盗汗，我还会胸闷、心跳急速、喘不上气，好多次像个溺水的人一般揪着喉咙惊醒，然后捂着不知道是心还是胸的地方，面目狰狞许多分钟。

一个晚上，这样重复几次后只能蜷缩在被子里稍微再眯一会儿，或者实在被噩梦吓得不敢再睡就一个人盯着天花板发呆直到天亮。

当然，我的异地恋也在那个时候出现了不可逆转的问题和分歧。这无数个夜里一个人的惊慌，成了一个引爆点。

我变得敏感、易怒、不爱笑。

尽管是在那样的神经衰弱下，我依旧打满鸡血去工作，每天被无数个会议和谈判充斥，还要参加录制接洽融资，并且拿到了投资的 ts。

我刚拿到投资时就松了口气，把其余有意向的投资机构全回绝了，完全没料到在临近年中的时候被毁约，失去了最好的融资时机。

接下来是整整几个月更为应接不暇的打击。

竞争对手眼红我们的生意，轮番雇水军发差评和用不同的路数恶意举报投诉。那时不知就里的我，几乎每个星期都要接到不同门店对应的不同区不同街道的政府办事人员的一纸抽样检查调查文书。

这意味着什么呢？抽样调查一调查就是半个月、一个月，意味着在旺季几个月里，我不仅不能按照计划开展其他业务，还被拖着在各家被关的门店之间斡旋，损失了千万的收入。

那期间，还有几个因为工作做得非常不好，被我们批评或惩罚导致怀恨在心的员工也纷纷效仿，举报或者威胁举报，简直雪上加霜。

当我最终跑了上百次各个办事窗口，按规范走完所有流程，也在喝趴下少说十次、干了无数瓶茅台后，我才面对最终检查全为"优秀"的结果，从对我们刮目相看的政府人员口中得知，这一切都是谁所为。

那时的我当然是愤怒的。

可是愤怒又能怎么样呢？握紧了拳头、眼睛布满血丝的我，依旧没法做出和他们一样龌龊的事。

我没有怪任何人，唯独很自责，真的非常自责，怪我自己做得太差、太没有水准、太没有远见，才没能保护好公司。

可我还没来得及自责更多，就必须面临更大的压力。虽然公司仍然盈利，但被我错失的融资机会和开始严峻的资本市场，让我陷入了巨大的焦虑中。

我开始大把大把地掉头发，每天只有吃安眠药才能勉强睡上两三个小时，内分泌严重紊乱，心跳时不时地加快，胸闷气短，无时无刻不在叹气和忧虑。

大概人丧的时候就是会越来越丧的。

新招的员工是间谍，几个被我当弟弟妹妹一般的老员工在别人的挑唆下对我恶言相向，信任的战友或怀孕、或自己创业、或回老家结婚先后离开，施工队的胡搅蛮缠，设计师的翻脸不认人，产品打样的不断失败，物业的敲诈勒索，无暇顾及微博也根本顾不上维护的公众号粉丝毫无增加所带来的挫败感……

这些对于往年的我来说不算什么的事情，似乎都嫌热闹还不够，连绵不断地轮番磨着耗着我，一点点磨碎了我。

我无数次蒙在被子里大哭，哭完了过去几年的眼泪，第二天起来接着笑嘻嘻地跟所有人说话，做其他人的太阳。

我无数次看到凌晨四点的上海长什么样，然后叹一口气，继续等待天亮，顶着更少的头发、更重的黑眼圈、更粗糙的皮肤去见更多的人。

我无数次在高烧晕厥或者半夜肠痉挛的时候，都以为自己这次应该是要挂了吧，心想就这么走了也挺好，终于解脱了。可是每次稍微清醒过来点，又气得想咬自己的舌头，怎么能说出这么不负责任的话来，我还有那么多人要养活。

我像一个被命运和敌人砍了无数刀的战士，倒下，站起来；倒下，再摇摇晃晃站起来；再倒下，还是拼了命地站起来，血肉模糊，仍不服输。

而这些竟然只是一部分而已。

还有一些更伤透骄傲更揪心的事和痛苦得号啕大哭到嗓子说不出话的时刻，我选择把它们用脑子过滤掉。

说这些琐碎的事情并不是想获取任何人的同情和安慰，我只是想告诉说羡慕、说绝望的你和你们，这就是看似无忧无虑的人生背后的一些事：

哪有什么人是看上去那么幸福圆满，轻松成功的啊；

哪有什么传奇呀，都不过是按下了那份苦楚不表而已；

哪有什么完美的人生啊，都是没完罢了！

不要羡慕别人，不要活在别人的生活里，不管那只是作秀还是真的只想分享美好的事物，你看到的都不是全部。

"一切鲜衣怒马，千金美酒，外表光鲜的生活背后，总有许多不为人知的苦涩。看似辉煌的人生，总有悲凉的底色。"

当你在羡慕别人时，别人也在羡慕你，羡慕你年轻自在，羡慕你还没被现实和恶意伤透，羡慕你眼里有光。

也不要哭诉为什么努力了得不到回报。

你看，我比大部分人都努力，可还是常常跌得很惨。

因为本来就不一定是越努力越幸运的。在努力向上时，恰恰会出现更多的苦难。只有从过往的经历中提炼出熠熠生辉的能量和内外兼修的美，才能在之后越来越能轻描淡写地处理那些只能称作困难的东西呀。

当然，这漫长到令人窒息的一年多，在压力巨大、伤痕累累又咬牙前行的时候，还有很多个可能很平常很平常，但总会让我印象深刻的美好瞬间，还有让我非常珍惜的陪伴我度过很多个难过时刻的人，是能让我发自内心感激的。

感谢包容我漫长低落的人，感谢我的团队，感谢信任支持我的投资人……他们总说，不管你做什么选择，我们都支持你。

我也想对自己说声谢谢。在几乎被如山的挫败感击垮的这一年，我终究还是没有对生活失去信心。

这么想来，自己依旧是幸运的，尽管被打得七零八落，但还能在老天数到九时重新站起来，在看到眼前那片海时，还是一样兴奋，欢天喜地地跳进去。

因为这种幸运，我原谅那个叫作命运的调皮孩子，原谅自己经受的低潮、孤单，原谅自己的敏感、焦虑。

我想起一部电影——《世上最快的印第安摩托》，那个老头，心脏装着起搏器，穷得连一口锅都买不起，向邻居借钱才能给那辆破旧的摩托车喷漆。纵然如此，他也要漂洋过海奔赴另一个国家去参加摩托车竞速。他无惧众多豪车选手，在一望无际的盐湖上，拧紧油门，扔掉挡风镜，哪怕摩托车喷出的高温气体把半条腿烫烂，他也微笑着，像长了翅膀一样，飞向地平线。

那一幕，我印象深刻。

苦难是个奸佞小人，常使我们忘了自己原是个勇敢的将军。

唯愿新的一年，继续拿起手中的剑，做回那个披荆斩棘的勇士。对已知的未来不改初衷，和心碎的过去永不和解。

Pain past is always pleasure.（过去的痛苦即快乐。）

我知道我们随时都会死。

但是，在那之前，要尽情努力地活着。

即便命运再多给我几刀，我也绝不会变得更糟糕。

图书在版编目（CIP）数据

20 岁的生活方式，决定 30 岁的打开方式 / 小令君著 . — 长沙：湖南文艺出版社，2017.10
ISBN 978-7-5404-8283-1

Ⅰ . ① 2… Ⅱ . ① 小… Ⅲ . ① 人生哲学—青年读物
Ⅳ . ① B821-49

中国版本图书馆 CIP 数据核字（2017）第 196359 号

上架建议：畅销 · 励志

20 SUI DE SHENGHUO FANGSHI, JUEDING 30 SUI DE DAKAI FANGSHI
20 岁的生活方式，决定 30 岁的打开方式

作　　者：小令君
出 版 人：曾赛丰
责任编辑：薛　健　刘诗哲
监　　制：蔡明菲　邢越超
选题策划：李　荡
特约编辑：尹　晶
封面设计：仙　境
版式设计：张丽娜
营销推广：李　群　张锦涵　姚长杰
出版发行：湖南文艺出版社
　　　　　（长沙市雨花区东二环一段 508 号　邮编：410014）
网　　址：www.hnwy.net
印　　刷：三河市百盛印装有限公司
经　　销：新华书店
开　　本：880mm × 1270mm　1/32
字　　数：240 千字
印　　张：9.75
版　　次：2017 年 10 月第 1 版
印　　次：2017 年 10 月第 1 次印刷
书　　号：ISBN 978-7-5404-8283-1
定　　价：39.00 元

质量监督电话：010-59096394
团购电话：010-59320018

20 years old
Life style

20 岁的生活方式
决定 30 岁的打开方式

Decided to be
30 years old
Open mode